당신과 아침에 싸우면
밤에는 입맞출 겁니다

당신과
아침에 싸우면

밤에는
입맞출 겁니다

유래혁 지음

북로망스

사랑은 아무런 무게가 없다지만

단단한 것에도 깊은 발자국을 낸다.

그래. 부서지는 것은 사랑과 부딪히는 것들뿐이다.

닿는 것은 미움뿐이다.

당신께 부치는 편지

지금은 어디에 기대어 계신가요. 의자에 앉아 계시나요, 혹은 가만히 서서 고개를 숙인 채 이 편지를 읽고 계시나요. 나는 사실 당신과 오래도록 알고 있던 사이였는데, 알고 계실까요.

어쩐지 어렸을 때부터 우리가 외로움을 곧잘 느꼈다는 것. 이것만은 기억하리라 믿습니다. 어딜 가든 손을 꼭 잡고 놓지를 않아 어른들이 부단히도 애를 먹었어요. 하지만 기억에도 남지 못하는 첫사랑이 으레 그렇듯 당신과 나, 둘 중 하나는 아주 먼 곳으로 이사를 가버리고 이렇게 남이 된 거예요.

믿으실지는 몰라도, 나는 그 뒤로 얼굴조차 모를 당신이 나오는 꿈을 몇 번이고 꿨답니다. 꿈에서 당신은 언제나 내 불안들을 대신 감당하겠다는 듯 고스란히 껴안고 있었죠.

그 때문인지 나이가 먹어갈수록 꿈속의 당신도 더 자주 울고, 또 자주 외로워하더군요.

어떻게든 눈물을 닦아주고 싶은데 방법을 몰라 많이도 안타까웠습니다. 그러다 편지를 쓰기로 한 거예요. 이름 없는 편지를요. 언젠가는 당신에게도 닿을 수 있도록. 그러니 멀리 여행을 가서도, 사진을 찍고 꼭 그 뒷장에는 편지를 썼어요.

여태 실패한 사랑들에 대해, 또 나를 구원해준 사랑들에 대해 써 내려갔어요. 당신은 누구에게도 상처 주고 싶지 않아 할 테고, 자꾸만 더 혼자 있으려 할 걸 알았거든요. 더구나 요즘은 혼자 있기에 이 얼마나 포근한 세상인가요.

아, 나의 글이 당신의 이불을 힘껏 적실 수 있다면. 그런 바람으로 얼마나 많은 글을 썼는지 당신은 모를 겁니다. 하는 수 없이 햇볕이 내리쬐는 바깥으로 나가 젖은 이불을 말리기를. 또 그렇게 부신 빛 속에서 우연히 사랑을 해보자는 마음이 들기를.

알아요. 삶에선 항상 어쩔 수 없는 것들이 우리를 좌절하게 해왔으니 더 이상은 사랑 같은 데에 큰 기대를 하지 않을 수 있어요. 사랑은 매번 제멋대로 떠나가고, 아무것도 아닌 날에 불쑥 찾아오니까요. 하지만 나는 우리를 좌절하게 만드는 것만이 우리를 다시 구원할 수 있다고 생각해요.

떠올려보세요. 당신을 울게 한 것도, 웃게 한 것도 언제나 똑같은 이름을 하고 있지 않았나요?

게다가 자꾸만 사랑이 싫어져서, 슬그머니 그것을 피해간다고 해도 돌고 돌아 도착한 곳은 또 다른 사랑이었죠.

답장은 쓰지 않아도 좋으니, 끝으로 기억해주세요. 새는 떨어지기 위해 나는 게 아니라는 사실을요. 언젠가 쇠약하여 더 이상 날갯짓하지 못한다 해도 기꺼이 바람에 몸을 내던지는 사람이 나는 좋아요.

부디 사랑을 해주세요. 포근한 세상에서 있는 힘껏 뛰어내려주세요. 자질구레한 사랑의 소음과 애닳는 마음에 고통스럽겠지만, 당신은 어쩐지 환하게 웃고 있을 것만 같아요….

2023년 봄,
당신께 부치는 첫 번째 편지

Contents

Part 3

서로에게 나무를 심고 다음 날엔 잊어버리자

Part 4

─────────────────────────────✳

다만 바라는 것이 있다면

Part 1

부디 창문을 열고

기꺼이 밤을 들여봐

기꺼이 밤을 들이고,
아침은 나에게서 찾아가세요

불면증은 한낮부터 타오른 마음속 불이 채 꺼지지 않아 생긴다는 말
이 있지요. 그러므로 나는 여전히 당신을 걱정할 수밖에 없습니다.
그 어두운 방에 홀로 덩그러니 놓여 어떤 생각을 하셨나요. 매번 지
나가버린 선택에 몸서리치고, 열병이라도 앓는 양 한겨울에도 땀을
쏟아내지는 않으셨나요.
이런 당신 모습이 떠오를 때면 안쓰러운 마음에 자꾸만 수화기를
만지작거리게 됩니다. 전화를 걸어 당신이 곤히 잠들 때까지 나의
하루를 주욱 읊어드리고만 싶습니다.

하지만 그럴 수 없습니다. 혹시라도 제 전화를 기다리셨다면 미안합
니다. 이렇게 볼품없는 편지를 두고 가니 용서해주세요.

다만 고백하건대 사실 나는 당신이 더 깊고 긴 밤을 보냈으면 좋겠습니다. 아주 거센 눈보라가 찾아오면 좋겠다는 말입니다. 궂은 날씨에 달마저 가리우고 집 앞 작은 가로등도 고장 나 아무런 빛도 없는 곳으로요. 이불을 몇 겹이나 둘러도 파고드는 추위에 손끝이 무뎌지기를, 귀에 닿는 것은 오직 눈이 창을 두드리는 소리와 옅은 숨소리뿐이면 더욱더 좋겠습니다. 머지않아 눈이 그치면, 비로소 밤 사이 자신의 체온을 덥힐 수 있는 것이 오직 자신의 가쁜 호흡뿐임을 이해하시리라 믿기 때문입니다.

이제 더 이상 밤이 두려워 애써 잠으로 숨어들려 하지 마세요.
짙은 밤에만 볼 수 있는 것들이 한가득이니
부디 창문을 열고 기꺼이 밤을 들이세요.

그리고 눈부신 아침이 오거든 문 앞에서 기다리고 있겠습니다.
밤과 못다 한 이야기 나누느라 느지막이 일어나셔도 좋습니다.

당신의 아침은 기꺼이 맡아둘 테니,
언제든 저에게 와 아침을 맞이해주세요.

당신의 아침은 기꺼이 맡아둘 테니,

언제든 저에게 와 아침을 맞이해주세요.

사랑은 불처럼

나눠도 줄지 않는 것

삶의 이유를 찾느라 괴로웠습니다. 신호탄을 쏘아 올린 건 내가 아니니까요. 다들 어디론가 열심히 뛰어가는데 아무도 어디로 가는지 대답해주지 않으니까요. 오래도록 이유도 모른 채 뛰어다녔습니다. 그저 눈앞의 풍경들이 생경하고 아름다워서, 그것들로 하루하루를 버티고 살아냈습니다. 그런데 어제 본 것 같은 나무를 또 보고, 지난주 본 꽃은 사방에 피어 있으니 이젠 하나도 설레지가 않더군요.

처음 넘어졌을 때도 그랬습니다. 흙의 감촉은 이렇구나. 쓰라리고 아픈 건 이렇구나 하며 또 신기해 웃어넘길 수 있었는데, 이제는 한 번 넘어지면 억울해서 분한 감정이 솟구칩니다. 별안간 뒤처지고, 혼자 남으면 안 되니 다시 일어서기야 합니다.

언제까지 이유도 모른 채 뛰고, 넘어지고, 다시 일어날 수 있을지 점점 자신이 없어졌습니다. 자꾸만 힘이 빠지고 지쳐서 걷고만 싶었습니다.

그러던 중 당신이 나에게 뛰어온 겁니다.
땀 흘리며 가까워지는 당신의 얼굴은 얼마나 행복해 보이던지요. 숨을 헐떡이면서도 나를 와락 껴안고 사랑한다고 고백하니 나는 부끄러워서 도망가고 싶었습니다. 그러다 나에게도 당신의 불이 옮겨 붙고야 만 것입니다. 나는 오랜만에 힘이 솟아나, 뛰고 싶어졌습니다. 그리고 이때 깨달은 겁니다. 삶은, 성화봉송 같다는 사실을요.

이젠 아무리 봤던 것들을 또 보고 발이 무거워도 나는 기뻐서 어쩔 줄을 모릅니다. 우리가 어디로 가는지, 그런 사소한 건 이제 몰라도 좋습니다. 나는 성화봉송자. 당신에게서 받은 타오르는 사랑을 두 손 받쳐 들고 뛰어갑니다. 그러니 넘어져 있는 모든 이들은 나를 기다려주세요. 뛰고 있는 모든 이들은 멈추지 마세요. 우린 아무것도 꺼트리지 않을 테니까요.

사랑은 불처럼, 나눠도 줄지 않는 것.
아까워할 것도 없습니다.

고작 이런

마음

당신이 자고 간 뒤 남는 건 사랑도 아닌 고작 머리카락 한 올뿐인데.

나는 그게 기뻐서 어쩔 줄을 모르겠습니다.

그런 마음이 바닥에 흘러넘치면 새하얀 종이 가지고 와 닦는데,

그럼 그게 또 편지가 됩니다.

잔뜩 젖은 편지를 무게 달아보면 웬걸요.

내 몸보다 무거워 나는 시소도 못 탑니다.

친구는 나더러 밑지는 장사 한다며 나무랍니다.

고작 머리카락 한 올과 바꾸어 무엇하냐고.

그런데요, 나는 머리카락 한 올 태워 일생을 살 수도 있습니다.

타지도 않는 편지와 바꿀 수 있다면 그걸로 된 겁니다.

나는요, 고작 이런 마음으로 삽니다.

나는요,

고작 이런 마음으로 삽니다.

나의

구원자

어리석은 사람을 좋아해주자.

그들은 나아가는 사람이다.

부끄러움에 머뭇거리고 행동은 하나같이 어설프지만 끊임없이 앞장서 자신을 내보인다. 미련해 보일 수 있음에도 미숙한 때를 겪지 않고서는 아무것도 시작할 수 없다는 것을, 그들은 알고 있다.

그래. 그들은 미련하기를 스스로 자처해야만 변화가 시작된다는 것을 몸소 보여준다. 마침내 어리석었던 그들은 우리의 구원자가 된다. 진정한 구원자는 어떤 방향을 제시하지 않으며 묵묵히 삶을 대하는 태도를 보여줄 뿐이다. 그러니 우리의 서툰 모습도 누군가에게 구원자의 뒷모습이 될 수 있다는 사실을 잊지 않기를.

축제

여름이 식어갈 때, 집 앞에서는 항상 축제가 열렸다. 일 년에 한 번뿐인 데다가, 집에서 십 분 거리에 있는 공원까지 이어진 도로 위로 수많은 천막이 쳐질 만큼 꽤 큰 축제였다. 여름 방학이 끝나고 기댈 곳 없는 마음에 시달리던 아이들은 모두 그날만을 손꼽아 기다렸다.

작은 마을이다 보니 축제를 준비할 때부터 아이들은 벌써 상기된 표정으로 어디를 들러보자, 어디에서 만나자, 그런 이야기로 학교를 떠들썩하게 만들었다. 저녁만 되어도 오가는 사람이 없어 신호등도 다 꺼지는 조용한 마을에도, 여기저기 현수막이 걸리고 천막과 음식들이 하나둘 자리를 잡는 것을 보고 있으면 나는 아주 다른 세상에 떨어진 것마냥 묘한 기분을 지울 수 없었다.

게다가 나는 아파트 일 층에 살고 있었다. 현관문만 열면 바로 축제의 시작이었다. 그렇기에 세상이 평소와 얼마나 다른 색으로 물드는지 극명하게 알아챌 수 있었다. 여기저기 금 간 아스팔트가 낮에 머금고 있던 열기를 내뿜는 것인지, 모여든 사람들의 흥분 탓인지 한껏 선선해진 바람도 흐리는 땀을 식혀줄 수 없을 정도였다. 빛을 내며 춤추는 장난감들, 주렁주렁 매달린 전구들, 온갖 음식을 끓여내는 불들이 밤을 성공적으로 몰아냈고, 멀리 공원에서 들려오는 음악 소리와 술 취한 사람들이 떠드는 말소리가 뒤섞여 옆에 있는 친구와는 부러 더 큰 목소리로 웃고 떠들어야 했다. 그렇게 기이하고 기분 좋은 밤이 이틀이나 이어졌다.

축제의 마지막 날은 항상 일요일로, 마치 부풀어 오르는 풍선처럼 분위기가 극에 달했다. 다가오는 내일을 잊으려는 마음인지 사람들은 일부러 더 신나 하는 것 같았다. 그리고 이 모든 것의 끝을 알리는 것은 언제나 불꽃놀이였다. 갑작스레 주변이 더 밝아지고 큰 폭죽 소리가 들려오면 모두 하던 것을 멈추고 하늘을 본다. 나는 그 불꽃을 여름에 내리는 눈이라 생각했다. 마지막에 가장 큰 꽃이 피고, 그 꽃이 지고 나면 거리의 열기가 확 식어버리기 때문이었다. 풍선이 터진 뒤 볼품없이 쪼그라든 세상을 보고 있자면 어린 나이에도 헛헛한 슬픔을 느낄 수 있었다. 괜히 손뼉을 치고 환호성을 보내던 사람들도 모두 조용히 집으로 향한다. 학교에서 봐, 하고 친구와 헤어지면 퍽 슬펐다.

아침이 오고, 다시 교복을 입고 있으면 어제가 꿈만 같아 또 그런대로 괜찮아지는 듯했다. 그러나 막 해가 뜨는, 여태 파란 새벽을 간직한 바깥으로 나서면 나도 파랗게 물드는 듯 다시 슬퍼졌다. 차가운 공기에 아스라이 퍼져 있는 화약 냄새. 길 위로 쓰레기들이 여기저기 힘을 잃고 널브러져 있고, 아직 철수하지 못한 천막들에서는 비린 알코올 향이 났다. 나는 그럼에도 축제의 열기를 조금이라도 더 맛보기 위해 최대한 천천히 걸었다. 하지만 학교에 도착해 빈 교실 문을 열면 찬물로 세수를 한 듯 정신이 번쩍 들었다. 고요함 속으로 돌아왔다. 모든 게 피곤하게 느껴지는 탓에, 홀로 엎드려 잠을 청하면 이내 다른 친구들도 등교해 이날만큼은 모두 조용히 잠을 잤다. 다들 일 교시가 시작되기 전까지 축제를 기억하려는 듯.

다 커버린 나는 세상이 점점 더 그날의 축제 같다고 느낀다. 도무지 끝날 생각을 하지 않는 축제. 신나기만 해 아쉬워하는 날도 없다. 어제는 이런 일이, 또 다음 날은 저런 일이 있을 예정이니 바쁘기만 하다. 그런데 이런 축제 속에서 더 크게 웃고 떠들다 집에 돌아오면 왜 인지 차가운 화약 냄새를 맡고 싶어진다. 고요한 새벽을 맞이하고 아쉬움에 아려오는 마음을 한번 더 느끼고 싶어진다. 무채색의 세상에서 눈을 감고 잠시 쉬어가고 싶어진다. 어디로 가야 하지. 그런 생각을 하면 축제가 이어졌던 십 분 길이의 거리가 한없이 짧게 느껴진다.

요즘은 그런 상상을 한다. 어느 여름에 눈이 펑펑 내리고 모두가 하루쯤은 같은 하늘을 보며 침묵을 공유한 뒤, 다 같이 책상 위에 엎드려 잠을 자는 그런 상상을.

갈 곳 있는 사랑

나는 전부 다 사랑해야 했습니다.

한 번도 사랑해보지 못한 사람은 전부 다 사랑해야 했습니다.

그때엔 사랑이 많으면 많을수록 좋은 줄로만 알았습니다.

주소 없는 편지를 기다란 건물 옥상으로 가져가,

눈처럼 내리게 했습니다.

그리고 단 한 장의 답장이라도 올지 몰라

웃으며 빈 우체통을 열곤 했습니다.

휙 돌아보면 혹시라도 우체부 아저씨께서 서 있을까요.

수백 통의 편지가 차곡차곡 쌓여 있는 저 가방에서

단 한 점의 사랑이라도 내게 꺼내어줄까요.

이제는 당신께만 편지를 씁니다.

당신과 있었던 일들을, 또 함께 하고 싶은 것들을 적고 있으면

마음이 벅찹니다.

하지만 나는 당신 주소 적어 내려갈 때가 가장 좋습니다.

갈 곳이 있는 편지라니, 기쁩니다.

한 사람분의 사랑으로 나는 배가 부릅니다.

녹색갈증

녹색갈증이라는 단어를 들어본 적 있나요.
우리는 유전적으로 녹색의 자연을 좋아하고,
또 그에 갈증을 느낀다는 뜻입니다.
허기와 목마름을 느끼는 것처럼 말이죠.

요즘 눈이 시릴 정도의 푸른 녹색을 띤 잎사귀들을 보며
알 수 없는 청량감을 느끼고 있었던 터라
이 네 글자에 속으로 한참이나 감탄하고 또 감탄했습니다.

참으로 다양한 우리를 설명해줄 수 있는
공통적인 단어가 있다니 놀라울 따름입니다.

또, 재미있게도 녹색갈증의 영문명은 biophilia라,
직역하자면 생명애生命愛이기도 하죠.

식물을 가꾸는 사람 중 사랑에 서툰 사람 몇 없다는 말이
더 이해가 가는 오늘입니다.

널

알아보니까

대체로 한가한 사람들이 유행을 혐오해. 그러니 괜히 좋아하는 마음 숨기지 말자. 많은 인파가 모이는 곳에서 웃어보자. 노래를 따라 불러보자. 가끔은 우리 같이 모여 손잡고 특별해지지 말자. 아무리 같은 옷을 입어도 웃을 때 입 모양은 다 다르고, 네가 유행 속에 파묻혀 있어도 나는 널 알아보니까. 이제 우린 전부 사랑하자. 대신 고작 남들이 모르는 걸 안다는 이유로 자신을 사랑하지 말자.

아무리 같은 옷을 입어도

웃을 때 입 모양은 다 다르고,

네가 유행 속에 파묻혀 있어도

나는 널 알아보니까.

당신과 아침에 싸우면
밤에는 입맞출 겁니다

모순. 어쩌면 지금 이 글을 적는 것조차 나에겐 큰 모순일 것입니다. 이것은 사랑에 구원받은 자가 사랑에 대한 믿음을 저버리는 것처럼 느껴질 수도 있겠죠. 그럼에도 나는 지금 내 안에 자리 잡은 미움들에 대해, 어지러울 만큼 소용돌이치는 분노에 대해 고백해야 합니다.

나는 문득 당신이 밉다고 느끼면, 새벽에 악몽을 꾼 사람처럼 식은 땀을 흘립니다. 재빨리 서랍 안 깊숙이 넣어둔 사랑을 찾아 확인하고 그럴 리가 없다며 애써 잊어버리려 하지만, 손에 쥔 수건은 보란 듯이 흠뻑 젖어 있습니다. 그러니 아침이 오면 불 속에 그 수건을 넣어버리곤 다시 당신에게 아무 일 없다는 듯 굴었습니다.

이뿐만이 아니겠죠. 나는 웃는 얼굴로 좋은 아침이라고 말하면서도 실은 당장에라도 세상이 끝나길 바랐습니다. 또 밤이 찾아오는 게 너무 두려울 때는 반대로 하루만 더 살아 있기를 바랐습니다. 방을 깨끗이 청소하는 것도, 방을 더럽히는 것도 나라는 모순에는 조금도 슬퍼하지 않으면서, 이런 대극의 모순에는 구역질이 났습니다.

이 편지에 우표를 붙이는 순간까지도 반드시 보내야 한다는 강한 의욕을 느끼겠지만, 또 우체통에 넣고 나서는 뒤돌아 후회할 겁니다. 나는 도대체 무엇이란 말입니까. 동시에 두 명이 존재하면 반드시 한 명은 죽어야 하는 게 도플갱어인데, 내 안에는 서로 다른 마음이 아주 끈질기게 서로 잡은 손 놓질 않고 잘도 살아 있습니다.

아. 세상은 왜 이렇게 뻔뻔한가요. 저 혼자 다채로워지면서 우리에게만 모순되지 않는 한 가지 모습만을 원하니, 나는 어쩌면 이런 것에 분노를 느끼는지도 모릅니다. 자꾸 내 안에 있는 다른 모습들에 칼을 쥐여주고 서로를 찌르도록 하니 고통스럽습니다. 미워하는 마음도, 사랑하는 마음도 둘 다 살고 싶어 하는데 모순이라는 단어는 이를 용납하지 않습니다.

이런 사실을 아는 것이 힘이고, 모르는 것이 약이라면 당신은 어떻게 하겠습니까. 나는 그저 알고 싶은 건 더 많이 알고, 모르고 싶은 건 마주치지 않길 기도하렵니다.

뻔뻔한 젊음이 되어, 더 자주 사랑할 겁니다.
당신과 아침에 싸우면, 밤에는 입맞출 겁니다.
얇디얇은 모순에 가로막혀
아무 말도 못하다 헤어지는 건 싫습니다.

서로의 사랑을 빌리고
오래도록 돌려주지 맙시다

여태 책을 읽으며 밑줄을 그어본 적이 없습니다. 괜히 흰 눈밭에 발자국을 내는 것 같아서요. 하지만 집 앞 도서관엔 밑줄 그어진 책이 많습니다. 이미 많은 사람들이 다녀간 눈밭이 즐비하다는 말입니다. 대체로 책들은 조금씩 구겨지거나, 손 모양에 알맞게 휘어져 있습니다. 그렇기에 서점의 신간 코너와는 달리 제 아무리 빽빽하게 꽂혀 있다 하여도 손쉽게 꺼낼 수 있고, 나 역시 편안한 마음과 느긋한 손길로 겁내지 않고 책을 펼칠 수 있습니다.

한껏 부드러워진 종이의 결을 훑듯 주욱 책을 넘기다 보면 가장 많이 펼쳐본 곳에 자연스레 멈추게 되는데, 나는 책의 첫 장을 읽기도 전에 이곳을 먼저 들릅니다.

여기엔 한 번도 아니고 몇 번이나 밑줄이 쳐진 문장이 있습니다. 그 문장을 소리 내어 말해보고, 다시 첫 장부터 읽어나가는 겁니다. 그리고 다시 이 문장에 도착할 때쯤이면 한 번도 만나지 않은 이들과 닮은 마음이라는 걸 확인하게 됩니다. 그럼 나는 그 책을 더 좋아하게 되고, 그 끝까지 기쁘게 산책할 수 있습니다.

여태 나를 훑어보아준 사람이 한두 명 있었습니다. 하지만 끝까지 읽어주거나, 옅은 밑줄조차 그어주지 않더군요. 실망하지는 않았습니다. 새 책을 대하는 기분을 이해하니까요.

당신도 그러리라 생각합니다. 그래도 우리는 서로를 읽어나가야 합니다. 젊은 마음, 빳빳한 종이들. 가장 아끼는 펜을 들어 어느 부분이 어여쁜지 밑줄 그어 알려줍시다.

베일 것 같은 가장자리를 두려워 말고 쓰다듬어줍시다.
서로의 사랑을 빌리고, 오래도록 돌려주지 맙시다.

그래도 우리는 서로를 읽어나가야 합니다.

젊은 마음, 빳빳한 종이들.

가장 아끼는 펜을 들어

어느 부분이 어여쁜지 밑줄 그어 알려줍시다.

스스로

일어서는 일

당신 일 나가신 사이 이곳에 깊게 남은
자립의 흔적을 지우려 애써봤습니다.

온통 닳아버린 것들. 닳아버린 비누와 닳아버린 구두. 닳아버린 마
음. 닳은 사랑. 혼자 서보려고 할수록 더 볼품없이 넘어지니 더 빨리
닳아 없어졌습니다.

게다가 현관 바닥 위로 산산이 부서져 있는 웃음 조각들을 홀로 치
우다, 손을 찔려 한참이나 아파했습니다. 휘청이는 꽃병은 매번 침
대까지 가질 못하고 고작 이곳에서 넘어졌군요.

침실에는 베갯잇 혼자 물이 빠져 있으니 몇 번이나 파랗게 적시고 또 햇빛에 말렸나요. 여기에만 당신 향이 나질 않아 내가 대신 이곳에 얼굴 묻고 괜찮다는 말을 남겨두었습니다.

또 작은 창은 저기 바깥에 나무 하나 서 있는 곳을 향해서만 투명하게 닦여 있는데 당신은 분명 저걸 보며 나무는 어떻게 혼자 서 있나 궁금해했을 겁니다. 아주 부러워했을 겁니다.

사람으로 태어났다면 마땅히 사람에게 기대어 살아야 합니다. 그런 사람에게 자립은 지독한 단어입니다. 곁에 아무도 없으면 자립이 아니라 고립일 테죠. 그런데도 우리는 자립과 고립을 헷갈리고 맙니다.

혼자 흔들리면 불안해 보여도, 나와 같이 흔들리면 그건 꽤 볼만한 춤 같을 겁니다. 그리고 다 함께 흔들리면 누구도 흔들리는 것처럼 보이지 않을 테죠.

청소를 마치고 모서리마다 애정이 어린 메모를 붙여두었으니 오늘은 어디에도 부딪히지 마시고 내 흔적에 기대어 깊은 잠 자세요. 그래야 내일이 기대될 겁니다.

남은 재가 아니라

퍼지는 향을

언제나 달리는 택시에 앉아 있는 것 같습니다. 미터기의 숫자는 초 단위로 바뀌고 말은 쉴 새 없이 달립니다. 잠에 들기 전엔 반드시 요금을 지불해야 합니다. 그렇지 않으면 눈을 감아도 택시에서 내리질 못하니까요. 그렇게 하루 종일 빚쟁이가 된 것 같은 불쾌함에 시달리는 겁니다. 그래요. 참 이상한 일이죠. 시간을 귀하게 여길수록 오히려 삶은 점점 빛을 잃는 것 같습니다. 정신을 차리고 보니 어느새 나의 하루는 오직 해야 할 것들과 그것들을 최단 시간으로 잇고 있는 길로만 이루어져 있더랍니다. 시간은 금이라는 말을 처음 만든 사람이 내 앞에 있다면 사과라도 받고 싶습니다. 시간은 시간일 뿐입니다. 물론 압니다. 해야 할 것은 점점 많아지는데, 하루의 길이는 눈치도 없이 늘어나질 않으니까요.

그래요, 나에게 삶은 불붙은 성냥 같습니다. 언제 꺼질지 모르는 불안감에 쓸모없는 검은 재라도 남기며 사는 거라고. 생각해보세요. 보통 생일에 켜보는 성냥은 초에 불을 다 붙이기도 전에 금세 타버리고… 겨우 불붙여놓은 초들도 기도가 채 끝나기 전에 모두 녹아버리지 않습니까. 밝고 기쁜 것들은 항상 아쉽게 끝나는 버릇이 있나 봅니다. 당신과 이렇게 행복해질수록 타오르던 삶이 훅 하고 꺼져버릴 것만 같아 두렵습니다. 그 뒤로 남긴 것이 고작 흩날리는 재와 흉하게 떨어진 촛농뿐일까 두렵습니다. 이런 이유로 바삐도 살아왔습니다.

당신마저 시간을 귀하게 여기고, 삶을 태워 무언가 남기는 것에 집착하다 보면 우리는 언젠간 헤어지고 말 겁니다. 고백하건대 나는 생김새만큼이나 마음도 복잡하게 생겨먹었습니다. 종종 여름 소나기처럼 기쁜 날 울 수도 있습니다. 그럼 당신은 나를 달래느라 적어도 한 시간은 지불해야 할 테죠. 당신이 정말 좋아서 두려웠다 하면 좀처럼 이해를 하지 못할 테고, 결국 당신은 허투루 시간을 썼다고 느낄 겁니다. 나는 이런 바보 같은 이별은 싫습니다. 그런데 어제 당신은 나한테서 날 닮은 향이 난다며 웃었습니다.

아, 당신만 옆에 있다면 내 삶은 성냥이 아니라 향초가 되는군요. 그날 밤 시를 썼습니다. 곁에 떠나는 이들이 있다면, 부디 남은 재에 눈여기지 말고 퍼지는 향을 맡아달라는 내용입니다. 허락한다면 당신 이름으로 세상에 내보이고 싶습니다.

서울

아! 많은 빛이 보여요. 많은 사람이 보여요. 사랑이 가득한 세상이라고 말하면 나는 이상한 사람인가요. 우리는 서로를 너무 사랑해서 멀리서 지켜만 보고 있죠. 벽 하나를 두고 빼곡하게도 모여 있어요. 행여 자는 당신 깨울까 조심히 걷는 사람들. 숨죽인 채 사는 사람들. 부딪히지 않도록 몸을 웅크리는 사람들.

가끔은 길을 걷는 당신이 무슨 노래를 듣는지 알고 싶어요. 어디로 가시나요. 마주 보면 침묵하기로 약속한 것도 아닌데 목소리는 누구를 위해 그렇게 아껴두셨나요. 도시에 살다 보면 서서히 울고 말겠지만, 이곳을 사랑할 수밖에요. 당신이 있는 곳. 외로움이 많은 나는 어떻게 해서든 여기에 있고 싶어요. 멀어지고 싶지 않은데 쉽지 않군요.

이곳에 있다 보면 비록 말은 섞지 못해도 우리 서로 한 번은 마주치겠죠. 서로 눈 한 번 마주치지 않아도 같은 숨을 쉬겠죠. 그거면 충분하다고 생각했는데 나는 조금 무서워요. 안녕, 하면 당신이 휙 돌아설까요. 아니 분명 안녕, 해주겠죠. 그런데 눈은 웃지를 않을 것 같아요.

나는요, 점점 작은 방으로 이사를 가요. 그럼 조금 더 오래 여기 남을 수 있잖아요. 더 얇아진 벽. 어쩌면 당신과 더 가까워진 거예요.

더 작아진 방. 더 조심히 걸어요.
더 숨죽이고… 더 힘껏 몸을 웅크려요.

혹시라도 미움을 살까요. 오늘도 나는 벽 가까이 붙어 잠들어요. 작은 침대가 내겐 너무 넓군요. 저기 밝게 타오르는 성화도 사람이 이어야 불이 꺼지지 않는데 나는 바람이 불면 금방이라도.

우리 같이

살까요

어느새 밖은 장마고, 덥고 습하다는 말들이 탄식처럼 들려오지만 여전히 건조한 날들 한가운데 서 계시다고요. 목이 아주 마르다고요.

그런 전화를 받으니 한참이나 아무 말 못하고 서성였습니다. 날 보면 웃기만 하는, 당신은 밝은 사람이라고. 뙤약볕 아래에서도 생각했는데 그렇게 슬픈 말을 하실 줄은 몰랐습니다.

아무렴 세차게 비가 와도 당신만큼은 피해가는 모양입니다. 너무 밝아서 닿기도 전에 바짝 말라버리는지도 모르지요. 어쩌면 어릴 적 입은 우비를 한 번도 벗은 적이 없는 게 아닐까요.

나는 밝아서 사랑받는다는 게 고통스러운 일이라는 걸 압니다. 슬픔에 젖은 사람들이 당신 곁에 모여 눈물을 말리고 연신 고맙다고 하고는 모두 떠나갔겠죠.

생각해보세요. 장작불 주위엔 많은 사람들이 있지만 그중 누구도 그 불을 껴안아주지 않고, 불이 꺼지면 떠나갈 생각만 합니다.

당신은 가지 마세요, 하며 얼마나 더 밝게 타오르려 했나요. 당신에게도 한 사람 몫의 슬픔이 필요하다는 걸 아무도 알려주지 않았나요. 그들은 당신이 울어도 기뻐서 우는 줄 알았을 겁니다. 아, 내가 보기엔 슬픔마저 훔쳐가는 세상입니다. 그러니 우리 같이 살래요.

밝은 곳에서 만나 밝은 모습만 보여주다 보면 우린 더 건조한 사이가 될 테니, 이제 우리 같이 살아요. 돌아서 우는 모습을 숨길 수 없도록 작은 집이면 더 좋겠어요. 나에게 쏟아지는 비가 당신에게도 닿을 수 있도록 아주 작은 집으로요.

처음 맞아보는 작은 슬픔이 꽤 따갑고 어색할 테지만 도망치지 않도록 손 꼭 잡고 있을게요. 타버린 검은 재마저 다 쓸려가고 마른땅

이 젖으면 당신도 몰랐던 꽃이 필 거예요.

해와 비가 틔워낸 꽃의 이름은 사랑.
그래 사랑이겠죠.

사계의

열병

나는 당신의 사랑스러움을 너무나 얕보았습니다.

그것이 나의 패착입니다.

처음 고백하는 것이지만, 나는 지난겨울 처음 당신을 보고 어떤 황
량한 초원을 떠올렸습니다. 작은 집도, 울타리도, 토끼 한 마리도 뛰
어다니지 않는 그런 초원을요.

그러니 나는 알량한 연민 같은 것을 느끼고, 당신이라는 세상에 처
음 발을 딛게 된 겁니다. 당시 나에겐 강인한 다리와 끊임없이 걷게
해줄 젊음이 있었으니 당신 마음 끝까지 걸어보리라, 그 정도는 또
아주 쉬울 것이라 생각했지요.

처음에는 누구도 밟지 않은 새하얀 눈을 힘주어 밟으니 꼭 내가 남긴 발자국만큼은 나의 땅 같아서 혼자서 얼마나 뿌듯했는지 모릅니다. 나는, 고작 그런 마음이었습니다.

하지만 지평선 끝까지 걷고 나니 시간은 흘러 어느덧 봄이 와 눈은 모두 녹아버리더군요. 따라서 내 발자국은 온데간데없이 사라져버리고, 푸르른 풀과 꽃들이 하나둘 고개를 들었습니다.

나는 또 그곳에 처음 온 사람이 되어 불어오는 바람에 자꾸만 웃고, 일렁이는 꽃들의 향에 시도 때도 없이 취하여 비틀거렸습니다. 다시 당신 마음의 끝까지 가는 데에는 두 배도 넘는 시간이 걸렸으니 혼자 당황할 수밖에요.

게다가 내가 다시 돌아온 그 자리는, 지난겨울 얼어붙은 호수였던 모양입니다. 잔잔하고 맑은 호숫물로 목을 축이고 몸을 띄우다 보니, 뜨거운 여름은 내 피부에 안녕 인사도 못하고 금세 지나가 버렸습니다.

가을. 선명한 가을은 또 어떻겠습니까. 한껏 선선해진 공기에 젖은

머리가 상쾌히 마르자, 어느새 주변에는 온갖 열매들이 너무나 먹음직하게 열려 있었습니다. 나는 또 부끄러움도 모르고 그것을 따서 베어 먹기에 바빴지요.

배부른 마음. 그럼에도 자꾸만 더 먹고 싶어지는 그런 풍경들. 그때 당신의 살갗에서는 아주 달콤한 향이 났습니다. 나의 입맞춤이 혹시 간지러웠을까요. 그랬다면 미안합니다.

아, 이제 나는 다리가 아프다는 핑계를 대며 제자리에 주저앉아 어디에도 가고 싶지가 않아졌습니다.

때때로 내리는 비가 온몸을 적시고 으슬으슬 기침이 나오게 하지만 이미 나는 당신 덕에 평생 낫지 않을 열병에 걸리고야 말았으니 아무렴 좋습니다.

당신은 왜 어떤 계절을 입어도 이렇게 잘 어울리나요. 그러니 나는 언제나 당신을 새로이 사랑하고, 또 처음 본 사람처럼 놀라고야 맙니다.

자, 나는 졌습니다. 완벽한 항복을 새하얀 천에 감싸 당신께 선물로
드리겠습니다. 항복의 내용은 이렇습니다.

사랑합니다.
사랑합니다.
사랑합니다.

부디 나를 포로로 잡으시고,
당신 마음에 집을 짓도록 일을 시켜주세요.
무엇이든 기쁘게 하겠습니다.

잊지 마시고 사랑을 얕본 데에 대한 벌을 내려주세요.

뽀족한 산도 높은 파도도

무색하도록

내가 널 아주 많이 사랑해. 얼마나 사랑하느냐고 묻지는 마. 어려운 말은 못 쓰니까. 그런데 내가 쓸 수만 있다면 있지, 그 마음을 정말로 다 써버린다면, 지구는 둥글게 변하고 말 거야.

응. 지금도 둥글지. 그러니까 내 말은, 삐죽 솟은 것들 모두 오그라들어서, 쫙 펴지고 말 거라고. 저기 멀리 보이는 뾰족산도 다 부끄러워서 너랑 뛰어놀 수 있도록 고개를 감출 거고, 바다에는 부서지는 파도도 사라질 테니 잔잔한 호수가 되겠지.

어떻게 아느냐면, 내가 그랬으니까. 내 마음엔 산밖에 없었고, 높은 파도밖에 없었으니까. 나는 부끄럽고 숨겨야 할 게 많은 사람이었거든. 그걸 들키느니 뾰족하게 상처 주는 편이 더 마음 편하다는 거, 너는 알까.

점점 발길이 끊긴 곳에 가시가 돋으면 장미라도 피는 게 보통이겠지만, 나에게는 그런 예쁜 꽃 하나 없었는데 넌 어떻게 온 걸까. 내가 위험하다고 적어놓은 것들 다 무시하고 어떻게. 하얀 얼굴에 흉지는 게 신경도 안 쓰이는 사람처럼.

그러니까 요즘 나는 막, 화를 내다가도 네 목소리만 닿으면 달팽이가 돼. 튀어나온 입술도 웃느라 쏙 들어가버리잖아. 아, 억울해서 괜히 심술이라도 부려보고 싶은데 그게 잘 안 돼. 네가 너무 좋아서.

있잖아, 오늘 같은 날이면 나는 이런 상상도 해. 세상 사람들 다 우리처럼 사랑하고, 또 사랑해서 전부 둥글게 되는 상상. 어릴 때 놀던 풀장처럼 말이야. 높은 곳에서 떨어지는 사람들 다 받아줄 수 있게. 하나도 안 다치고, 둥그런 마음에 푹, 빠져버릴 수 있게.

그렇게만 된다면, 길을 가다가 서로 부딪혀도 그게 마치 놀이처럼 느껴질 거야. 그럼 나는 있는 힘껏 너에게로 부딪혀 사랑으로 튕겨지고, 이리저리 사랑을 전하고 다녀야지. 응. 꼭 그래야지.

Part 2

지칠 때가 오거든

숲에 가자고 해줄래

내일은 나를 태워

당신을 비춰요

당신은 왁자지껄 떠들다가도 문득 홀로 있는 듯한 표정을 합니다. 그런 당신을 볼 때면 나는 불현듯 커다란 태양과 지구를 떠올리게 됩니다. 끝을 모를 만큼 거대한 지구도 어느새 태양 앞에 서면 한없이 작은 존재로 전락하듯 당신 안에는 당신이라는 존재가 지나치게 커다랗게 자리 잡고 있어 항상 옆을 맴도는 나의 존재를 느끼지 못하는 게 아닐까, 그런 생각을 하게 됩니다.

가엾은 태양. 그는 자신 주위로 수많은 생명들이 얽혀 있다는 것을 알고 있을까요? 어두운 우주에 덩그러니 놓여 자신 이외의 존재를 찾고자 끊임없이 육신을 태우고, 빛을 내어 주위를 밝힐수록 오히려 자신의 몸집만 커져간다는 것을 알고 있을까요? 그렇게 태우고,

태우다 결국엔 하얀 백색왜성이 되어버리고 끝끝내 한줄기 빛도 내지 못하는 검은 암체暗體가 되어 죽으리라는 것을 알고 있을까요? 오래전부터 이미 누군가에겐 아침이었고, 다시 새벽이라는 것을 알고 있을까요?

아, 오늘은 당신께서 그어둔 선이 손에 잡힐 듯 아주 선명하게 보입니다. 그 위로 단 한 발자국만 더 내딛어도 집어삼켜질지 모를 일이지만… 당신을 그곳에 혼자 둘 수가 없습니다. 초라한 이 밤이 끝나거든 그 선 넘어 당신을 힘껏 안겠습니다. 단 일 초라도 좋으니 내가 품고 있는 작은 새소리와 거칠고 차가운 파도와, 바람과 들꽃의 일렁이는 춤을 바라봐주세요. 나는 금세 당신의 중력에 못 이겨 그대로 부서지고, 흩어지겠지만 당신께서 흩뿌려온 빛이 여태 무엇을 비추고 있었는지 기억해주세요.

당신의 체온으로 겨우내 쌓인 눈 녹이고 작은 꽃 피울 수 있었으니, 내일은 나를 태워 당신을 비추세요.

당신의 체온으로

겨우내 쌓인 눈 녹이고 작은 꽃 피울 수 있었으니,

내일은 나를 태워

당신을 비추세요.

마음은

둥글어서

귀여운 게 좋습니다.
둥근 마음이 좋다는 말입니다.

있는 힘껏 와락 껴안아도 삐죽 튀어나오는 것이라곤
오직 또 두 개의 둥그런 마음뿐입니다.

하물며 때 타고 모난 나일지라도
폭신한 마음 위에서 아무런 걱정 없이 쉴 수 있습니다.

굳은살 배겨버린 감정들은 간지럼 앞에 못 이기는 척
기지개를 켜고 기쁨을 맞이합니다.

무엇을 넣어도 딱 맞지 않던 욕심도 빈자리 없이 채우니,
아무렴 모든 게 다 괜찮아집니다.

그리고 당신은 제법 귀엽습니다.

Happy birthday

to you

지금 태어나는 모든 것들이
너와 생일이 같다는 이유만으로 사랑스럽다.

나도 할 수 있다면 한번 죽고 다시 네 생일에 맞춰 태어나
사랑스러워지고 싶다.

입버릇처럼 유난스러운 것 없다 하지만,
이런 구실이라도 없으면 너는 이런 편지에도 괜히 미안해할 걸 안다.

네게 다가오는 모든 친절을 곱씹으며
구태여 이유를 찾으려 할 것도 안다.

나는 그럼 말주변이 없는 탓에 그냥 너니까, 하고 말겠지만.

또 쑥스러워 애써 땅을 보는 네가 나는 좋다.
모든 것들이 메아리처럼 너로부터 시작해
다시 너에게로 도착한 것일 뿐인데.

하지만 이토록 기쁜 오늘도 걱정뿐이다.
온기 옆으로는 더 따뜻한 것이 아닌,
온기가 필요한 것들이 모이니까.

잠시 지나가는 이라도 추위에 떨거든
넌 네 곧은 심지를 열심히도 태워 따뜻함을 나눈다.
그러다 정작 스스로에게 긴 겨울이 찾아와 훅 꺼져버리는 건 아닌
지, 나는 곁에서 늘 염려한다.

고백하건대, 나는 사실 누군가와 온기를 나누어본 적이 없다.
여태 온기가 필요한 사람일 뿐이었다.
그렇기에 언젠가 네게도 끝나지 않는 밤이 찾아왔을 때
서투른 나의 온기가 너에게 닿지 못할까 두렵다.

다만 네가 숲을 좋아하는 걸 알게 된 몇 해 전부터는
생각날 때마다 나무를 심는다.

네 심지가 다 타버리기 전에 나무가 조금이라도 더 자라
널 기쁘게 해주면 좋겠다.

그러니까, 지칠 때가 오거든
내게 숲에 가자고 한마디만 해주면 된다.

나를 닮아 엉성하게 자란 나무들과 작은 들꽃들뿐이지만
매일 자라고 있는 선물을
네가 좋아해주길.

생
일
축
하
해

어느새 마술이

지겨워지면

기억하시겠죠. 아주 더웠던 날입니다. 우리는 작은 그늘 한 점 없던 길 위에서 만났습니다. 대뜸 흘리시는 눈물에 나는 손수건을 건넸고, 당신은 고맙다는 인사 대신 아무것도 없던 손수건 위로 꽃이 몇 송이나 생기게 했습니다. 난생처음 본 마술에 놀라지 않을 수 없었습니다.

작은 마을 너머도 가보지 못한 나였기에, 당신이라는 사람은 도대체 모르는 것투성이였습니다. 궁금했습니다. 어째서 그곳에서 울고 계셨는지, 어쩌다 마술을 배우셨는지, 유난히 짙은 머리카락에서는 어떤 향이 나는지. 자꾸만 보채는 나를 풀 향이 배어 있는 무릎에 뉘이시고, 당신 태어난 바다 너머에 대해 들려줄 때면 잠시나마 너른 날개 가진 새가 된 양 자유롭고 기뻤습니다.

하지만 우리의 계절도 몇 번이나 지나가고, 나에게도 결국 당신의
어떤 것도 궁금해하지 않을 때가 찾아왔습니다. 한 번도 바다에 가
본 적 없는 내가 파도 부서지는 소리를 지겨워했다는 말입니다.

당신도 이런 마음을 눈치챘는지 끝끝내 알려주지 않던 마술을 알
려주셨습니다. 알고 보니 꽃들은 소매 아래 숨어 시시하게 피어 있
었고, 왜인지 다음 날 나는 처음으로 당신을 찾아가지 않았습니다.
이튿날 다시 당신을 찾아갔지만, 그곳에는 내 손수건뿐이었습니다.

그 뒤로 몇 년이나 흘렀을까요. 지금 나는 당신을 찾아 마을로부터
꽤 먼 곳까지 왔고, 얼마 전에는 처음 바다를 만났습니다. 파도 소리
는 당신이 말해준 것과는 달리 아주 연약하고, 슬프더군요.

돌아보니 나는 아무것도, 아무것도 몰랐습니다. 아무것도 몰랐다는
사실마저 다시 지겨워질 때쯤엔 바다를 건너 계신 곳에 도착할 수
있을까요.

그럼 나는 그곳에서 며칠이고 쉬지 않고 눈물 흘리며 길을 걷고 있겠습니다. 나를 만나거든 부디 가엾게 여기고 손수건을 건네주세요. 시든 꽃이나마 당신께 돌려드리겠습니다.

꿈 많던

소년에게

어른은 도대체 무슨 말이길래 당신을 자꾸 새하얗게 만드나요?
시간이 흘러 당신과 더 이상 부모 자식이 아닌 친구 되어 기쁘지만,
나와는 달리 당신의 사계는 너무 이르게 지나가버렸더군요.
지금 나의 계절, 내 나이쯤엔 당신도 글을 쓰고 시를 쓰고 편지를
썼다는 말이 처음으로 앳된 당신 모습을 떠올리게 했습니다.

봄의 당신,
그리고 여름의 당신…

누구 하나 그러라 일러주지는 않았겠지만, 나와 누이가 태어나니
애써 따스한 모든 계절을 고이 접고 이른 겨울을 맞이하며 어떤 생

각을 하셨나요.

꿈 많던 소년에게 눈이 펑펑 내리니 얼마나 추웠을까요.

가지고 있던 소설책도, 편지지도, 몇 개의 펜도 결국엔 난롯불에 던져지고… 그 온기로 간간이 버티셨나요.

하얀 재가 되어버린 꿈이 찬바람에 흩날리니 그게 당신 머리 하얗게 세어버린 까닭인가요.

다만 당신은 내 눈동자로 이르게 끝나버린 사계를 들여다볼 테니 슬퍼하지 말라 하셨죠.

그러니 나는 누구보다 눈부신 사계를 살아가겠습니다.

봄엔 언덕 위로 어떤 꽃들이 피는지

여름은 또 얼마나 뜨겁고, 파도는 얼마나 높은지…

봄엔 언덕 위로 어떤 꽃들이 피는지

여름은 또 얼마나 뜨겁고, 파도는 얼마나 높은지…

십이월의

마지막 날

12월입니다.

얼마 못 가 한 해의 숨이 끊어지겠지만,

나로선 어찌할 도리가 없습니다.

눈 지그시 감고 그때를 떠올릴 뿐입니다.

첫눈 소식이 캐럴처럼 즐겁게 나부끼는 때였습니다. 쓸모없는 갖은 짐들을 실어 나른다며 작은 트럭 하나 빌렸더라지요. 마지막 짐을 느슨히 묶고 돌아가던 길입니다.

컴컴한 밤을 옅은 라이트 불빛으로 찢어내며 앞으로만 나아가는 데에 급급했지요. 그리고 휙, 단 일 초입니다. 들이마신 숨을 채 내뱉지도 못한 사이에 벌어진 일입니다. 다만 그 짧은 호흡을 나는 밤새 떠올릴 수 있습니다.

길 위에 덩그러니 서 있던 사슴은 고개만 내 쪽으로 돌리곤 우두커니 서 아무런 긴장도, 슬픔도, 화도, 기쁨도 그 무엇도 내비치지 않는 눈을 하고 있더랍니다. 그리곤 어디론가 휘 사라졌습니다. 이것이 전부입니다. 이곳저곳 전화를 돌려 사고를 수습했지만, 괜히 내가 다 분했습니다.

그때처럼 올해도 곧 첫눈이 올 테죠, 어김없이. 다만 처지는 뒤바뀌었습니다. 이제는 내가 길 위에 덩그러니 놓여 있음을 압니다.

그러니까, 분명 열두 번이나 달력을 찢어내야만 한 해가 끝날 터인데 올해 나는 단 한 번도 그런 기억이 없다는 말입니다. 줄 하나 쳐보지 못한 새 달력을 다시 새 달력으로 바꾸다 보면 분한 마음이 스멀스멀 고개를 듭니다. 불안한 건지 아쉬운 건지 뾰족이 알 수 없지만, 애써 하루를 몽땅 적으며 기억을 길게 늘어뜨려 봅니다.

그것도 안 되겠다 싶으면 연말을 핑계 삼아 친구를 불러냅니다. 시시콜콜 떠들며 지난 기억들 뒤로 숨어봐도 이 또한 얼마 가질 못합니다. 괜히 내년엔 더 행복해지자고… 인사말 대신 그렇게 말해버리고 집으로 돌아옵니다.

이내 길 위에서 '해피 뉴 이어' 글자를 마주합니다. 샛노란 작은 전구들로 칭칭 감겨 눈이 아플 지경이었습니다. 무어라 중얼거리며 애써 못 본 체해도 소용이 없습니다. 집에 돌아와 눈을 질끈 감아도 '해피 뉴 이어' 글자가 여전히 훤하게 떠오릅니다.

그렇게 우두커니 누워 아무런 긴장도, 슬픔도, 화도, 기쁨도 내비치질 못합니다. 단지 커다란 불빛이 천천히 내게로 다가올 뿐입니다.

해피 뉴 이어.
그 글자 앞에 나는 조금도 발버둥 칠 수가 없습니다.
어떤 감정도 내비칠 수가 없습니다.

숨이 끊어지고, 다시 숨이 이어질 테지만….

사랑은 아무 날도 아닌데
갑작스럽게 찾아와

어느 날부터였을까요.
살갗 위로 해가 닿거든 금세 벌겋게 달아올랐습니다.
그 위로 잡히는 물집은 쓰라렸습니다.

당신은 날 보며 환한 하지夏至가 떠오른다 했지만,
애석하게도 나는 가장 긴 동짓날冬至이 되어버렸습니다.
해는 왜 나를 버렸나요? 하고 물으니
해가 마음이 넓어, 나를 잠시 달에게 빌려준 것이라고.
어여쁜 말입니다.

그런 어여쁜 말을 남기고 떠난 당신은

분명 낮이 쉼 없이 이어지는 어딘가에 있겠지요. 이해합니다.
항상 당신 주변은 빛나는 것들 투성이였으니까요.
새벽보다 검은 글자로 쓰여진 편지가
당신께 무사히 닿을 수 있을지 걱정입니다.

끝도 없는 밤 한가운데에서는 모든 게 서툴기만 했습니다.
모든 창문을 가리는 데에 며칠이나 걸렸습니다.
밤에는 찬바람마저 숨죽이는데, 시계만 혼자 요란합니다.
그 소리에 숨어 많이도 울었습니다.

머지않아 함께 붙인 야광별마저 닳고 닳아 빛을 내지 않으니,
대신 미운 마음이 벌겋게 달아올라 빛을 내더랍니다.
혹여 이 빛이 새어 당신께 닿지는 않을까
애써 창문을 한 겹 더 닫아 가리곤 했습니다.
밤이 어두워야 하늘 위로 희미한 빛 찾아볼 수 있듯,
지난 기억들 조금도 잊지 않으려 더 짙은 새벽에만 눈을 떴습니다.
몇 해 동안이나 검은 종이 위로 하얀 당신 떠올렸다는 말입니다,
어제도 그리하였습니다.

다만 한 가지 다른 것이 있었습니다.

오랜만에 바깥 공기가 절실해 커튼을 젖혀 창을 열 심산이었습니다.

웬걸요. 창을 열자 익숙한 검은 밤이 아닌

눈이 멀도록 부신 빛이 밀려들어 오더랍니다.

서둘러 손으로 얼굴을 가리고 창을 닫았습니다.

어찌 된 일인지 알아보려 했지만, 눈은 이미 낮이 반가웠던 모양인지

쉬이 밤으로 돌아가려 하지 않았습니다.

하얀 잔상만 아른거려 무엇도 보이지 않았지만, 나는 알았습니다.

매일 틱, 틱, 소리 내던 시계의 초침 소리가 멎었다는 걸요.

덕분에 잠시나마 해와 만날 수 있었지만,

재회의 기쁨보다도 곧 다가올 아픔이 무서웠습니다.

그러나 어쩐 일인지 하루가 다 지나도…

편지를 적고 있는 지금도 나는 아무렇지가 않습니다.

그렇습니다. 길고 길었던 동짓날도 이제는 끝인가 봅니다.

오늘은 이상하게 당신 얼굴이 잘 기억나지가 않습니다.

이제 그만 커튼을 걷겠습니다.

아, 개운한 아침입니다.

이제 그만 커튼을 걷겠습니다.
아, 개운한 아침입니다.

사랑은 밀도가 높고

부력이 약해서

당신도 뉴스를 보는 게 무서웠나요. 화면에 나오는 어른들은 조금
도 미소를 띠지 않으니, 때론 슬퍼 보이기도 했습니다. 한번은 아버
지께 저 사람들이 왜 웃지를 않는지 물었습니다. '살아가다 보면 함
께 슬퍼해야 하는 일들이 있다'고. 그리 말씀하셨지만, 고개를 끄덕
일 수는 없었습니다. 세상엔 같이 기뻐할 일도 많을 텐데, 생각했습
니다. 해가 지는 데에 필요한 시간과 해가 떠오르는 데에 필요한 시
간이 같은 것처럼요.

머리가 영글며 수도 없는 두려움이 오고 가는 것을 보았으나, 동시
에 수도 없는 사랑 또한 오고 가는 것을 보았기에 저는 여전히 어린
마음입니다.

이해가 되지 않는 것도 여전히 많습니다. 어째서 긴 망설임 끝에 행하고도 담겨 있는 진심의 무게 탓에 수면 아래로 가라앉는 건 사랑이고, 헛된 거품처럼 수면 위로 떠오르는 건 슬픔과 두려움뿐인가요?

당신을 닮은 편지를 수십 장 써온 까닭이 여기에 있습니다. 얼마 못 가 사그라질 물결일지라도 두려움은 꺼트리고 사랑을 수면 가까이 띄워보고자 애쓴 것입니다.

오늘은 나의 이런 작은 물결이 당신께서 만든 다른 물결과 만나 거대한 파도가 되는 상상을 해봅니다.

거뜬히 두려움을 쓸어내고 그 자리로 사랑과 사랑, 그리고 사랑이 떠오를 수 있을 만큼 큰 물결을….

해와 흙의

향기

그 사이 몇 개의 향수를 다 써버린 지 모르겠습니다.

매번 같은 향수였습니다.

이름은 해와 흙입니다.

처음 이 향을 맡았을 때엔 향수를 모두 쏟아 온몸을 적시고 당신을 꼭 껴안으면 그 뿌리를 내게도 조금은 내려주지는 않을까, 하는 우스운 생각을 했던 게 떠오릅니다.

종려나무를 닮은 당신이 내 곁에 머물기를 바랐나 봅니다.

어느새 내일입니다.

처음 약속처럼 떠나시는 날이니

나 향수에 잠겨 죽을 수 있다면 그리하겠습니다.

어디를 가시던 부신 해와 무른 흙을 만나

저를 그리워해주시면 좋겠습니다.

부디 건강하세요.

너른

나의 땅

몇 시간이고 서 있는 고된 아르바이트를 마치고, 작은 자취방에 틀어박혀 앉아 있으면 '숨 쉬는 것 빼고 모두 돈이다'라는 우스갯소리가 계속, 계속 생각났습니다. 그렇게 마음에 푹 박혀버린 가시는 몇 달이고 빠지지 않더랍니다. 일을 마치면 괜히 죄짓는 기분에 애써 발을 집으로 재촉했습니다.

서울. 그래요 서울입니다. 더 넓은 세상을 보겠다 기어코 발 붙여놓고 자꾸만 컴컴한 동굴로 들어가기만 했던 나는 바보였을까요. 그렇게 퍽 추운 겨울이 찾아왔을 때입니다.

기름 조금 덜 때보겠다고 몇 개 있지도 않은 창문에 비닐을 잔뜩 붙였습니다. 하루에 두어 시간 남짓 들어오던 해도 가로막히고, 바람 한 점 새로이 비집고 들어오질 않게 됐지만 괜찮았습니다. 돈을 많이도 아낀 것 같아 그냥 웃어 보였습니다.

그렇게 버티고 버텼지만 환기도 쉬이 되지 않고, 외출이라는 두 글자만 닮은 보일러가 고장 난 지도 모른 채 며칠을 잠에 드니 독한 감기에 걸리는 일이야 당연합니다.

몸이 정말 뜨거웠습니다. 방안이 습하게 느껴질 정도로 땀을 많이도 흘렸습니다. 숨을 쉬어도 답답한 것이, 내뱉은 숨 그대로 다시 마시는 것만 같았습니다.

당장 신선한 공기가 절실했습니다. 벽에 기대어 일어나 창 앞으로 기어갔지만, 붙여놓은 비닐에 창문이 막혀 있었습니다. 없는 힘을 손에 쥐고 겨우 한 꺼풀 벗겨내니 그 뒤로도 비닐이 몇 겹 더 붙어 있는 게 보였습니다.

처음엔 조심히 떼어내고 다시 붙여야지 하는 마음이었지만, '이깟게 뭐라고' 하는 생각에 화가 솟구쳐 잡히는 대로 찢어버렸습니다.

끝내 창을 확 열어보니 온통 새하얀 공기가 물밀 듯 들이칩니다. 목마른 사람처럼 가쁘게 숨 쉬고 나니 이윽고 세상이 보입니다.

온통 눈에 덮여서인지, 오래 어두운 곳에 있었던 탓인지 별안간 눈이 시려 한바탕 눈물을 흘렸더니 조금은 개운해져 열도 많이 내려갔습니다. 그 뒤로는 일 끝나면 집으로 곧장 가질 않고, 옆길로 새 이곳저곳 들렀습니다.

그렇게 잘 마시지도 못하는 커피를 두어 잔 시켜놓고, 멀끔한 공간에서 멀끔한 자세로 앉아 글을 쓰는 게 두 번째 업이 되었습니다. 글쓰기 전 마주하는 새하얀 지면은 그날 보았던 하얀 풍경과 여전히 닮아 있습니다.

그러니까, 저는 여전히 이곳에서 자유롭습니다.

당신도 보고 계신가요. 검고 얇은 이 글씨가 하얀 땅 위로 거침없이 틔워나는 것을 보고 있으면 저는 대농大農이 된 양 웃음이 납니다.

당신은 눈이 되어

나를 향해 곧장 내려오세요

새하얀 눈일수록

어두운 외투를 입은 사람들 어깨 위로 가장 먼저 보여요.

오늘 나 검정 치마를 입고, 검정 외투를 여미고,

그래도 부족할까 검정 눈물을 흘리는 까닭이어요.

긴 밤도 망설임 없이 찢어내는 새벽 어스름 빛마저

이제 나를 피해갈지 몰라도

당신 하나만큼은 나를 향해 곧장 내려오세요.

어서 하얗게 뒤덮어주세요.

처음부터 나 여기 없었던 것처럼.

우연

우연은 짓궂습니다.

심한 변덕이 여름비를 닮았습니다. 날이 맑기를 기다리거든 어김없이 울음을 터트리고, 쏟아지는 눈물 훔쳐보고자 작은 손수건 챙겨 나가면 하릴없이 송골송골 맺힌 땀만 닦게 됩니다.

당신도 그렇습니다.

날개가 부러진 새처럼 우연히 찾아든 마음이지만, 나는 밤낮으로 붕대를 갈고 사랑을 잘게 부수어 그 입에 흘려보냈습니다. 그리고 떠나던 날, 이른 새벽부터 알았습니다. 비가 내리는 구름보다 더 높은 곳을 날던 당신이고, 나는 바위를 뚫고 땅속 깊이 뿌리 내리고 있었으니 두 번의 우연은 찾아오지 않을 것을요.

이제는 저 멀리 날개가 달린 것 모두 당신인 줄로만 압니다.

고백하건대, 이따금 당신이 한 번만 더 다치길 기도했습니다. 하지만 기다림에 엉겨 붙은 못난 마음도 이제 끝입니다. 내일은 바다를 건너 사라진 당신 따라 내 몸도 너른 바다 위로 띄워보려 합니다. 뿌리를 모두 끊어냄에 조금의 망설임도 없겠습니다.

바닷물이 떠나가고 세상을 빙 둘러 다시 제자리로 오기 위해서는 이천 년쯤의 시간이 필요하다 합니다. 이 긴 시간 사이 한 번을 마주치지 못할까요.

자, 가겠습니다.

더 이상 우리 사이에 우연은 없고

오직 당신에게 가는 내가 여기 있습니다.

더 이상 우리 사이에 우연은 없고

오직 당신에게 가는 내가 여기 있습니다.

더 이상

혼자가 아닌

일을 마치고 집에 돌아와 현관문을 열 때부터.
요란한 도어락 소리 뒤로 모든 게 정적이 되어 가라앉을 때부터.

한 짝만 놓여 있는 슬리퍼를 신을 때부터.
한 개밖에 없는 물컵에 물을 따를 때부터.

그것도 아니면 언제 올지 모를 손님을 위해 사둔 여벌의 젓가락 사
이로 평소에 쓰던 젓가락 한 짝만 닳아 있는 것을 볼 때부터.

우리는 바로 이때부터 세상에서 뚝, 떨어져나와 혼자가 된다.

현관 너머로 보이는 것은 컴컴한 고요함뿐. 마치 욕조에 안에 푹 잠겨 있을 때처럼 마음속 생각이 꽤 크게 들려오기 시작한다.

혼자 남겨질 때를 기다렸다는 듯,
내가 나에게 말을 걸기 시작한다.

처음에는 불쾌한 긴장감이 돈다. 끝끝내 어색한 고요함을 잘 참지 못하고, 환하게 불을 켜고 곧바로 노래를 크게 틀고 만다. 평소 듣지 않던 노래가 섞여 흘러도 별 신경 쓰지 않는가 하면, 잠에 들 때는 열 시간이 넘는 모닥불 영상을 틀어두기도 한다. 마치 정적을 피해 다니는 빚쟁이처럼.

당연하리만큼 스스로를 안다고 생각했는데
사실 아무것도 모른다는 것을 들키는 게 무서워서였을까?

처음엔 이런 감정이 당황스러워서, 하는 수 없이 외로움이라 이름 붙이고 최대한 많은 약속 사이로 숨어들 뿐이다.

그러나 정적은 솜씨가 좋다.

끝끝내 찾아내어 아무도 없는 테이블로 끌고 간다. 그때는 별수 없다. 쌓여 있는 숙제 앞에 괴로워했던 방학 마지막 날처럼 미루고 미뤄왔던 자신과의 대화를 시작해야 한다.

얼마나 어색하면 차라리 내 앞에 옛날 담당 교수님이, 아니면 우리 팀 부장님이 앉아 있는 게 더 낫겠다 생각이 든다.

애쓰고 애써 상투적인 인사부터 시작한다.

당연히 답을 알고 있는 질문을 던진다는 게 아이러니하고, 바보 같다고 생각하지만 네 기분은 어떻냐고 묻는 간단한 질문에도 대답이 돌아오기까지는 한참의 시간이 걸린다.

그렇게 한바탕 나에게 나를 설명하고 나면 진이 다 빠진다.

시작부터 네 꿈이 무엇이냐, 뭘 원하느냐 따위의 질문은 엄두도 못 낸다는 것을 비로소 이해하게 된다. 이제 막 걸음마를 떼는 아기가 된 것만 같다.

하지만 시간은 많으니 조바심은 없다.

때로 예상치 못한 대답에 놀라기도 하지만, 더 이상 정적을 피해 도망 다니지 않아도, 감정을 속이거나 구태여 외로워하지 않아도 된다.

언젠가 나는 스스로에게 조언을, 농담을,
마침내 위로를 해줄 수 있을 만큼 가까워질 것이다.

혼자여도 더는 혼자가 아님을 성큼 알게 될 것이다.

불안한 만큼의

자유로움

항상 옆에 있던 네게 이렇게 메일을 보내는 게 꽤 어색하면서도, 신선해서 좋다. 그냥 메시지를 남기려 했는데, 넌 잠이 옅으면서도 꼭 알람은 켜두잖아.

여긴 정말 우리가 유튜브로 봤던 것처럼 유심칩이나 와이파이도 잘 안 되고, 시시각각 변하는 버스 시간표 탓에 (작고 낡은 봉고차를 버스라고 말할 수 있을지 모르겠지만) 도착하는 데까지 고생 좀 했어.

그래도 무사히 도착하고, 그새 얼마나 쏘다닌지 몰라. 너무 열심히 다녔나 딱 맞던 바지도 조금 헐렁해진 것 같아. 그때 꼭 허리춤에 끈이 있는 바지로 사야 한다고 말해줘서 고마워. 같이 산 샌들은 이제

버려야 할 것 같네.

사실 이것저것 한가득 자랑하려고 마음먹었는데, 막상 쓰려고 하니까 괜히 네 바보같이 웃는 리액션이 생각나 김이 좀 새. 돌아가면 더 자세히 이야기해줄게.

단지 나는 그동안 정말 많은 사람을 만났고, 또 혼자인 시간도 많았어. 내가 가려던 길이 하나일 때도 있었고, 여러 갈래로 나뉜 때도 있었지. 구석에 작게 핀 꽃마저 내가 정말 먼 곳에 와 있다는 걸 알게 해줄 만큼 온통 다른 것들뿐이고.

자유로워지고 싶다고 혼자 덜컥 떠나버린 여행이지만 나는 이곳에서 자유라는 게 여전히 어떤 건지 잘 모르겠어.

같이 일을 그만두고 따라오려는 널 말리고 설득하느라 진땀 뺀 걸 생각하면 조금 부끄럽기까지 해.

기어코 공항으로 마중을 나오겠다 해서 사둔 비행기 표를 빼면 나는 어디에도 매여 있지 않고, 분명 자유로운 상태인데 말이야.

나는 내일 이곳에 있을 수도, 있지 않을 수도 있어.
아니 지금 당장 다른 마을로 떠날 수도 있지.

몇 년 전 새해에 내년에는 어디에 있을까 하고 물었을 때 나는 한 치의 의심도 없이 '책상 앞?'이라고 했던 것에 비하면 아주 자유로워졌다고 말할 수 있겠다.

그런데 당장 네가 전화로 그렇게 좋냐고 물어보면,
한참은 아무런 대답도 못할 것 같아.

이제 나는 자유로워진 만큼 많은 가짓수의 불안함을 새로이 느껴.
새로운 길 앞에 서 있노라면 별의별 상상이 시작되니까.

예전에 읽은 책에서 어떤 인물이 했던 대사가 이제야 이해가 돼.
소설에서 그는 뾰족한 절벽을 보며 굉장히 일그러진 표정을 지었는데, 옆에 있던 다른 이가 그의 표정을 보곤 절벽이 그렇게도 무섭냐고 물었어. 그러자 나온 대답이 바로 '절벽이 무서운 것이 아니라 절벽에서 뛰어내릴 수 있는 내 자유가 무섭다'였어.

그래, 맞는 말이야.
나도 지금 어딘가로 훌쩍 떠날 수 있는 내가 무서워.

이런 무서움이 금세 불안함으로 자라나 옴짝달싹도 못할 때가 오는
데, 그럼 어쩔 수 없이 숙소 안내 데스크로 가 마을이 너무 아름답
다고 너스레를 떨며 하루만 더 묵고 가겠다고 말해.
나도 내가 우스운 걸 아니까, 너라도 너무 웃지만은 말아줘.

그래도 떠올려보면
설레는 마음이 들 때나 불안한 마음이 들 때는
우리 몸이 똑같이 반응한다는 걸 배웠단 말이야.

자유로운 사람은 불안하고, 불안한 만큼 또 자유로워.

불안하지 않은 삶은 설레지 않고 자유롭지 않다는 말이지.
나도 사실 내가 무어라 하는지 잘 설명은 못하겠지만
넌 나를 잘 아니까 대충 이해했으리라 믿어.
지나치게 자유분방한 이곳의 대중교통 탓에 이만 줄여야겠다.

잘 자고, 아침 출근길에 이 글을 읽거든
이 보기 드문 자유인에게 존경을 담아 답장해줘.

사랑해, 안녕!

나의

회생 신청서

아주 외로운 한 해였다. 누군가를 만날 때면 말을 참 많이도 했는데
내 마음의 가난을, 외로움을 들키고 싶지가 않아 나는 빚을 끌어다
쓴 셈이었다.
그러니 내년에는 어쩌면 더 외로울지도 모른다. 그게 무섭다. 갚아
야 할 마음이 많고, 갚아야 할 침묵이 한 가득이다. 나 여기 있어요.
한마디 말도 못하면 어떡하지.
그럼에도 나는 끝내 체면은 지키려고, 네가 오면 근사한 말을 준비
할 것이다. 아, 바보 같다. 근사한 말들을 입고 있으면 너는 내가 외
로운지도 모를 텐데. 그럼 우리 바다로 갈까.

찬 바다로 가자. 새하얀 거품이 이는 너른 바다로 가자. 네가 그렇게

말해주면 나는 못 이기는 척 따라 가고 싶다. 실수로 바다에 푹 젖어 버려서, 근사한 말 같은 것들은 다 벗어버리고 싶다. 그렇게 앙상하게 남은 마음을 너에게 고백하고 싶다.

볼품없는 감정들을 너는 안아줄까.
초라한 사랑을 손가락에 끼워도 너는 웃어줄까.

여태 외로움을 갚는 데에 사랑은 쓰지 않았다. 허기질 때에도 사랑은 팔지 않았다. 눈을 맞으면서도 사랑은 태우지 않았다. 그러니 나는 너를 사랑하면 파산하고 만다. 사랑 하나 주고 나면 나는 가진 게 아무것도 없게 된다. 하지만 외로움의 독촉도 그것으로 끝이 날 테니 나는 죽다 살아난 사람처럼 기뻐할 것이다.

어쩌면 이 러브레터가 곧 나의 회생 신청서.
부디 나의 사랑을 반려 말고 가엾이 여겨주기를.

그런 말은 마시고,

어서 오세요

앞으로 세 번입니다.

세 번의 편지를 더 쓰고 나면 당신은 이제 그만 여름을 접고,

가을을 따라 내게 오세요.

지난봄 사이 심어두고 간 능소화가 땅으로 떨어지고,

수화음이 이어지지 않은 것처럼 매미도 울음을 뚝 그치고 나면,

그때는 정말 돌아와주세요.

나는 눈물이 그렁그렁 맺혀도 달력의 작은 글씨마저

소리 내 읽을 수 있는데

왜 매번 당신은 다음 계절에 숨어드나요.

오시는 길은 멀고 여름이 얼마 남지 않았다는 말은 마세요.
떨어질 잎사귀 모두 주워 초록 물감을 칠해 나무에 매어둘게요.

끝내 늦어 가을 즈음 도착하겠다 하시면
나는 당장에라도 솜이불 꺼내고, 두꺼운 외투로 몸을 감쌀게요.

계절은 찾아오는 게 아니라,
찾아가는 것이라 한 말을 기억하니까요.

오시는 길은 멀고

여름이 얼마 남지 않았다는 말은 마세요.

떨어질 잎사귀 모두 주워

초록 물감을 칠해 나무에 매어둘게요.

나에게 와

배신을 연습하고 가세요

푸르른 젊음이 새빨간 거짓말에 배신을 당하면 그제야 어른이 된다 네요. 그러니 나는 온 세상 어른들이 다 불쌍해져 버렸습니다.

여태 내가 겪은 배신이라고는 고작 키우던 강아지가 약속보다 먼저 죽어버린 게 고작인데도, 나는 너무 슬펐거든요. 일어나보라며 작은 몸뚱어리를 흔들어 대다가 결국 배신자라며 화까지 내었지요.

그런데 이런 건 고작 배신도 아니라고. 자꾸만 심각한 표정을 하고 좀처럼 웃지를 않으니 어른들은 참 시시하다 생각했는데, 그래. 겁이 날 만했군요. 꿈에 배신당하고, 사랑에 배신당하고. 어쩌면 수도 없이.

그렇다고 넘쳐나는 마음을 어디다 주지도 못하고 바닥에 다 흩뿌려 버리면 아까워서 어떡해요. 나는 아직도 속는 셈 치고 사랑이란 걸할 수 있는 나이인데, 당신들은 너무 많은 걸 걸어야 한다고요. 그래, 이해해요.

하지만 나의 옆집에는 매번 환하게 웃고, 친절히 인사해주시는 노부부가 계셔요. 그분들은 있죠. 나의 희망 같은 존재예요. 내가 족히

세 번은 어른이 될 수 있었던 시간만큼 살아오셨으면서도, 나만 보면 사랑스러운 존대와 함께 인사를 해주시거든요.

그리고 나도 반가운 마음에 따라 인사를 하려 손을 붙잡으면 조금씩 떨리는 게 느껴지는데, 맞아요. 그분들이라고 어찌 무섭지 않겠어요. 단지 그분들은 족히 세 번의 지독한 배신을 겪었으면서도 사랑을 멈추질 않는 겁니다.

이건 참 보기 드문 어른이죠. 안 그런가요. 이런 어른들이야말로 쓰러져가는 사랑을 껴안아줄 수 있겠지요. 방황하는 젊음을 믿어줄 수 있겠죠. 그러니 나의 희망이라고 한 겁니다.

우리는 크든 작든 저마다의 배신을 품고 살아가니, 어쩌면 삶에 있어 배신은 필수불가결한 게 아닌가 생각이 들어요. 하지만 나는 이제 그런 생각마저 부끄러운 핑계같이 느껴져요.

그래, 어쩌면 어른은요, 온갖 어리석은 배신들에 찔리고 베여도 한번 벌린 팔을 결코 내리지 않는 사람들이라 생각해요. 오히려 배어나오는 피로 더 따듯하게 안아주려는 마음을 나는 꿈꿔요.

그러니 저는 옆집의 노부부께, 끝내 지지 말고 사랑을 위해 죽어주
십시오, 하고 편지를 씁니다. 끝에는 그 자리는 나의 것이 될 테니
걱정하지 말라는 인사와 함께요.

자, 다들 나에게 와 배신을 연습하고 가세요.

손에 묻는 피가 얼마나 뜨거운지 느끼시고,
그 뒤로는 사랑을 믿어주세요.

피가 굳으며 그 믿음도 분명 굳어질 겁니다.

Part 3

서로에게 나무를 심고

다음 날엔 잊어버리자

서로에게 나무를 심고

다음 날엔 잊어버리자

어서요, 손 털고 일어나세요. 나와 같이 갑시다. 어디인지는 모릅니다. 걷는 게 즐겁지 않습니까? 그런 말 마세요. 물론 발은 좀 아픕니다. 보세요. 물집이 꽤 많이도 잡혔지요.

아, 가방엔 별것 없습니다. 작은 조개껍질이 있는데 보실래요? 껍질 위로 난 물결이 파도를 닮았습니다. 그러니까 제가 가져온 건 바다 모형인 거죠. 아껴둔 물이 조금 있습니다. 목 좀 축이세요.

저도 배가 고프지만 당장 먹을 건 없네요. 어떤 음식을 좋아하십니까? 저도 이야기는 들어봤습니다. 그런 향이 난다니 신기하네요. 제가 이 조개껍질을 팔게 된다면 꼭 같이 먹읍시다. 괜찮습니다. 바다는 다시 가면 되니까요.

아, 이건 도토리가 서로 부딪히는 소리입니다. 하하, 먹으려고 가지고 다니는 건 아닙니다. 사실 아주 배고플 때 한입 깨물어봤지만 별맛은 없더군요. 그래요 당신께도 하나 줘야겠습니다. 들어보세요. 참나무가 어떻게 자라나는지 아십니까? 꽤 우스운 이야깁니다.

다람쥐들이 도토리를 좋아하는 건 익히 알고 계시겠지요? 입안에

도토리를 몇 개씩이나 가지고 다니지요. 겨울이 오면 먹으려고 열심히도 모으고 또 이곳저곳에 묻어둔답니다. 그런데 그중 대부분은 어디 있는지 기억도 못하고 겨울엔 주린 배만 부여잡지요.

정말입니다. 쓸데없기는 하지요. 그런데 나는 이렇게 살고 싶습니다. 조금도 좌절하지 않고 다시 봄이 오면 열매들을 모으고, 묻고, 행복하게 잠에 들겠지요.

잊어버리면 무슨 소용이냐고요? 제 생각엔 잊어버리는 게 가장 중요한 부분입니다. 잊어버린 열매들이 나무가 된다니까요. 그 덕분에 점점 더 풍요로워진 숲에서 사는 겁니다. 다른 다람쥐들과 열매를 두고 싸우지 않아도 될 겁니다.

맞아요. 나는 당신에게 도토리를 묻어두는 겁니다. 저는 금방 잊어버릴 겁니다. 당신도, 지금 그 손에 쥐고 계신 도토리도요.

조금 기운이 나시나요? 다행입니다.

들숨과

날숨

살아 있는 모든 것들은 각자 자기만의 방식대로 숨을 들이쉬고, 다시 내뱉는다. 가령 '숨이 붙어 있다'라는 표현만 봐도, 호흡이 생명에게 어떤 의미인지 쉽게 알 수 있다. 하지만 살아 있음의 증거라는 이유로 호흡을 좋아하는 것은 아니다. 요즘엔 호흡이 가지는 균형에서 더 많은 생각을 얻는다.

정확히 마신 만큼 내뱉는다. 호흡을 이루는 들숨과 날숨은 이름마저 두 글자씩이다. 심지어 획수도 같다. 서로 그 균형이 아름답다. 이런 생각을 하고 있자면, 많은 운동이 그렇겠지만 특히 수영을 처음 배울 때가 떠오른다. 하나에 마시고, 둘에 뱉고. 한 번이라도 그 균형이 어그러질 때에는 어김없이 소독된 물의 비릿함을 맛봐야 했다.

또 한 번에 너무 욕심부리며 들이마셔도, 지나치게 많이 내쉬어도 안 된다. 나아가기 위해 필요한 것은 균형이 전부였다.

하지만 최근까지도 나는 이런 균형과는 거리가 멀었다. 성인이 된 후로 무엇이 되어야만 한다는 불안감에 휩싸였던 탓이다. 그래서 더 자주 나를 설명하고, 나를 이해하려 했다. 그러다 답을 찾지 못할 땐 나를 다독이고, 나를 다그쳤다. 때문에 많은 순간 나를 미워할 수밖에 없었다. 그러나 사실 돌아보면 이 모든 게 사랑이었다.

그러니까 그 불안감은 빛 좋은 핑계일 뿐이었다. 자신을 너무 사랑한 나머지 나를 모든 것에 투영하고 또 그 모든 것을 애착 인형마냥 양손 가득 껴안고 다닌 꼴이다. 덕분에 시간이 지날수록 '나'라는 것은 부푼 풍선마냥 수많은 것들로 힘겹게 채워져 갔다. 처음엔 내가 바다가 되었고 다시 금세 산이 되기도 했다. 또 풀과 벌레와 새가 될 수 있어서 좋았다. 그러다 점차 그것으론 부족하다 느껴졌고, 종국엔 수많은 책을 뒤적이며 희한한 용어들을 마구 집어삼켜야 만족하기에 이르렀다. 이어지는 것은 배부른 허기뿐이었다.

나라는 존재가 뭐든 될 수 있다면, 동시에 뭐든 될 수 없다는 것을 너무 늦게 알아버렸다. 나는 나만 사랑했다. 숨을 들이마시고 몇 년이나 내뱉질 않았던 것이다. 숨이 턱끝까지 차면 고통을 잊기 위해 도파민이 분비된다고 하는데 아마 나는 이 즐거움에 한동안 빠져버렸던 것 같다.

역시 '그래. 나는 이런 사람이구나' 하고 단정지을 때 느끼는 안정감은 위험하다. 찾아오는 모든 것들을 나를 설명하기 위해 애써 붙잡아두지 않아야 한다. 그저 지진계가 그려놓은 그림같이, 마구 흔들린 궤적은 당장 어떤 모양인지 알아볼 길이 없다. 그러니 언젠가 다시 돌이켜보면 조금은 볼만한 그림이 되어 있겠지 하고 그만 생각할 줄 알아야 한다.

들이마신 만큼 내뱉을 줄도 알아야 한다.
나를 사랑한 만큼 다른 누군가를 사랑할 줄 알아야 한다.

기억하자. 들숨과 날숨이다.

희에게

희야, 나는 사랑을 아주 여러 번 실패했단다.

좀처럼 마음대로 되지 않는 게 사람 마음이라고는 해도, 어쩐지 더 잘하려고만 하면 나는 실수 연발이었다. 봄이 되면 자투리들끼리도 저마다 짝을 찾고 꼭 들어맞는데 나만 혼자였으니 나에게는 봄이 가장 추운 계절이었다. 그렇다고 지겹도록 긴 여름을 기다렸다는 것은 아니다. 나는 여태 눈물을 땀인 척할 수 있다는 점 빼고는 여름을 싫어했다.

하지만 장마가 시작되려는 때였다. 너는 먹구름을 찢어낼 듯 밝게 웃으며 나에게 왔다. 내 세상에서, 너는 가장 약한 존재가 되었다는 말이다. 금방이라도 너라는 사람이 부서질 것만 같아 나는 오늘 밤도 잠 못 이룬다. 소나기에도 네 마음에 켜둔 촛불이 꺼질까 두려운데, 곧 비가 한 달은 내릴 게다.

그러니 나는 이제 길을 걸으면서도 사랑을 악착같이 배운다. 보잘 것없는 것들도 사랑하니까. 아니 나에겐 오히려 그런 사랑이 어울리는 게 아닌가 생각한다. 특히 요즘 길거리에는 한번 쓰고 버려지고야 마는 우산들이 많은데, 그들은 이제 나의 선생이 되었단다. 투명한 비닐에 앙상한 뼈대가 꼭 나를 닮아 처음부터 싫지가 않았다. 심지어 나는 그들이 어떻게 사랑을 하는지 지켜보다 여러 번 눈물을 흘리기도 했다. 아무런 체취도 그 어떤 색도 없으면서 조금도 불안해하지 않는데, 한번 누군가의 손에 쥐여지면 온 힘을 다한다. 보기 좋은 장우산들 사이에서 이리저리 치이고, 투명한 마음에 구멍이 날지언정 물러서는 법도 없다. 묵묵히 사랑하는 이를 위해 비를 맞는다. 고작 문 앞까지만인데도.

그래. 문 앞에 다다르면 그들은 하나같이 버려진다. 그렇지만 바닥에 나뒹굴고 흙탕물을 뒤집어쓸지언정 손잡이만큼은 웃는 모양새다. 입꼬리가 초승달처럼 휘어져 있어, 참 밝게도 웃는다. 사랑하는 이를 비 맞히지 않았다는 사실 하나로 만족한 모양이다.

그러니 이번 장마가 끝나고, 네가 나를 떠나간대도 좋다. 잠시라도 좋으니 부디 내 마음에 들어앉아 비를 피하다 가다오. 그사이 영 못 쓰게 된다 하더라도, 내 입은 끝까지 웃는 모양일 테니 걱정은 하지 않아도 된다.

나는 네 앞길을 조금도 가리지 않는 투명한 사랑이니.

닳는 것은

미움뿐

모든 게 닳아 없어질까 안절부절못했다. 특히나 글을 쓸 때면 온통 사랑에 대한 이야기, 아니면 삶과 죽음, 영혼이 존재하길 바라는 마음, 당신의 안녕을 걱정하는 것에 대해 쉬지 않고 썼으니까. 특히 손에 잡히는 않는 것에는 더 잦은 손길을 주었는데, 그 부드러운 살갗을 온전히 느낄 때면 크게 기뻐하다 휙 돌아서 울기도 했다.

바깥에는 해가 비치고 비가 온다. 눈이 쌓였다 녹는다. 커다란 바위들이 잘게 쪼개어져 고운 모래가 되고 만다. 하물며 여린 마음들은 언제라도 다 닳을 것만 같아서, 욕심껏 어루만지다 어느 순간 부서지고 말면 나는 그 죄책감에 버틸 수가 없을 것 같았다.

그러나 그 해 여름, 거센 비가 몸을 두드리고 해가 떴을 때 모래가된 것은 오직 내 어리석음뿐이었다. 구름의 변덕을 피해 우연히 들른 그녀의 서재. 여기엔 먼지 하나 앉지 않은 오래된 가구와 물건으로 가득했다.

허리쯤 오는 높이의 오동나무 책상과 의자. 그 위로 놓인 은으로 만들어진 듯한 촛대와 램프, 색이 바랜 유리 화병. 책장을 가득 채운 가죽 표지의 책들. 색과 재질, 모양 중 같은 게 없어 언뜻 아주 남남처럼 보이기도 했으나 하나같이 손이 닿는 곳만큼은 창밖에서 스며드는 옅은 빛을 반사할 만큼 반들반들해 이들이 오랜 시간 서로 좋은 이웃이었고, 또 얼마나 그녀에게 사랑받아왔는지 한눈에 알 수 있었다.

마침 책장과 마주 보고 서 있는 벽에는 작은 거울이 걸려 있었는데, 그 위로 괜히 몸 구석구석을 비춰보며 나는 어디가 닳아 있는지, 나에게도 사랑이 다녀갔는지 찾아보게 만들 정도였다.

사랑은 아무런 무게가 없다지만 아주 단단한 것에도 깊은 발자국을 낸다. 그래. 부서지는 것은 사랑과 부딪히는 것들뿐이다. 닳는 것은 미움뿐이다.

이런 생각을 하며 바깥으로 나서니 비는 그쳤고 뜨거운 해가 내리
쬐었다. 바람도 불지 않았지만 나는 아주 오랜만에 뜀박질을 했다.
세차게 흔들려도, 혹여 넘어지더라도 부서지지 않을 것을 알아서인
지, 더위도 잊고 계속 더 빨리 뛰려 애를 썼다.

그래. 부서지는 것은 사랑과 부딪히는 것들뿐이다.

닳는 것은 미움뿐이다.

사랑이 너무 쉬운 말로

써질 때

사랑이 너무 쉬운 말로 써질 때, 나의 사랑도 그것으로 끝인 줄 알았습니다. 그도 그럴 것이 머지않아 나는 혼자가 되고 말았으니까요. 때문에 나는 어려운 마음. 어려운 말을 찾아다녔습니다. 도무지 알 수 없는 표현을 주워다가 제멋대로 자르고 이어붙여 사랑이라는 글자로 만들고 나면 얼마나 만족스러웠는지 모릅니다.

사실은 비웃기도 했습니다. 아무것도 덧붙이지도 않고 사랑한다거나 괜찮을 거라고 말하는 사람들을요. 뻔한 말들로 뻔한 사랑을 하니 뻔뻔하다. 아니, 무책임하다. 그렇게까지 생각했습니다. 단순한 사랑은 한 꺼풀 옷을 벗겨내고 나면 시시해지는 거라고.

하지만 이런 생각이 겨울밤보다 깊어지니 지난여름, 매미처럼 쉴 새 없이 떠들던 사랑은 점점 멎어 들어갔습니다. 몇 번이나 사랑한다고 말을 하려다 머뭇거리기를 반복했습니다. 내 마음은 이렇게 큰데 남들 다하는 사랑이라는 말은 초라하고 볼품없어 차마 내어줄 수 없었습니다. 어려운 말들도 어느새 다 써버려 나는 침묵할 수밖에요.

그러니 모두가 나를 오해하더군요. 과묵하고 사랑이라곤 조금도 찾아볼 수 없는 사람. 도무지 속을 알 수 없고, 어딘가 앓는 듯 슬퍼 보이기만 한다며 하나둘 곁을 떠나갔습니다. 그럼에도 나라는 사람은 가지 말라는 말까지 수십 번 어렵게 고쳐 쓰니, 어설픈 솜씨로 목도리를 짜다 어느새 겨울이 지나가 버리듯 결국 누구도 붙잡지 못했습니다.

이렇게 나는 세상에서 제일 시시한 사람이 된 겁니다. 이파리 모두 떨어진 시시한 인간 곁으로는 외로움 하나가 휙 날아와 앉는데, 나는 그게 또 너무 무거워 버틸 수 없습니다. 아, 이것은 어쩌면 고백이 아니라, 가지가 부러지기 직전에 써 내려가는 참회록일지도 모르겠습니다.

여러분. 사랑의 적은 침묵입니다. 사랑은 처음부터 말도 안 되는 것이니, 어떤 말이든 사랑이 될 수 있습니다. 내 마지막 사랑 고백은 얼굴도 이름도 모르는 여러분에게로 향하지만, 부디 이 글에서 사랑을 충분히 느끼시고 다시 솟아날 사랑은 가장 쉬운 말로 옮겨 적어주세요.

그렇게 함께 침묵을 몰아내고 사랑의 소란 속에 삽시다.
사랑의 포화 속에서 쓰러지는 침묵을 나는 보고 싶습니다.

같은 소리

같은 마음

요즘엔 아무도 휘파람을 불질 않습니다. 저마다 고유한 목소리와 고유한 억양을 가지고 서로가 어떻게 다른지만 이야기 합니다. 그 사이로 혼자 부는 휘파람은 금세 묻혀버립니다. 나는 그래도요, 쉬지 않고 휘파람을 불겠습니다. 모두가 동시에 침을 삼키고 숨을 고를 때 찾아오는 정적, 그 잠깐의 틈에라도 닿을 수 있을지 모르니까요. 하물며 이름 없는 소리에 누구도 관심을 가지지 않는다 해도 괜찮습니다. 유일하게 당신과 나를 구별할 수 없는 소리지 않습니까.

그래요. 우리가 마주 앉아 함께 휘파람을 불면 거기엔 나도 없고 당신도 없는 겁니다. 휘파람은 누가 불어도 같은 소리를 내는데, 너와 나라고 구분 짓던 것들… 가령 나는 머리카락이 짧고 당신은 길다

는 게 무슨 소용인가요? 어린아이들이 벌거벗고도 서로를 부끄러워
하지 않는 걸 보면 우리는 단지 너무 늦게 만난 것뿐입니다. 앞으로
더 긴 시간이 우리 껍데기 위로 쌓이고, 점점 다른 모양새의 옷을 입
게 되어 영영 함께 놀 수 없다고 해도… 휘파람 부는 법만큼은 잊지
않았으면 합니다.

편지 아래 전화번호를 적어두겠습니다. 긴 수화음이 이어지고 떨리
는 목소리로 여보세요, 하기 전에 나는 휘파람을 불겠습니다. 당신
도 부디 부끄러워 말고 휘파람을 불어주세요. 그렇게 서로가 좋아
하는 곡을 하나씩 선물하고 그만 수화기를 내려놓으면 좋겠습니다.
그럼 또 당신과 나는 목소리도 모르는 사이로 남겠지만 같은 소리,
같은 마음이라는 것 하나로 충분할 겁니다.

끝내 당신께 기억되지 못할지어도,
기꺼이 고통스러운 숨을 들이마시고
아름다운 소리를 내겠습니다.

기대지 않는 사람은
사랑을 기대할 수 없어서

사랑한다는 편지에 아무런 답장을 받지 못하면 그날은 반드시 폭설이 내렸습니다. 그 눈에 파묻힐 때마다 나이를 몇 살씩이나 먹은 겁니다. 어떤 겨울엔 두 번이나 폭설이 내렸으니 나는 지금 몇 살인가요. 사랑에 서투른 까닭에 일찍 어른이 된 것입니다.

이렇게 자란 어설픈 어른들은 자꾸만 괜찮다고 말하는 습관이 있습니다. 눈을 맞으며 이곳저곳 동상에 걸린 게 분명합니다. 아파도 아픈 줄 모르고… 빙판길에 넘어져도 부주의한 자신을 탓합니다. 한마디 불평이라도 하면 봄이 자신을 비껴갈까 두려워합니다.

변명은 하고 싶지 않습니다. 당신께 매번 괜찮다 한 것은 단지 내가 겁이 많기 때문입니다. 겁이 아주 많으면, 아주 없는 척을 잘하게 됩니다. 하지만 잘 몰랐습니다. 왜 당신이 그렇게 화가 났는지, 괜찮다는 말이 무엇이 잘못되었는지 말입니다.

내가 괜찮다 말할 때면 우리 사이가 더 멀어지는 것 같다고 하셨죠. 미안합니다. 한번 괜찮다 말해버리면 그날은 당신 어깨에 기댈 수 없다는 걸 몰랐습니다.

나는 사랑에 어설픈 게 아니라 어리석었습니다. 자물쇠를 단단히 걸어둔 채 당신을 몇 번이나 초대한 겁니다. 그런 것도 모르고 문 앞에서 서성이다 돌아서는 당신 뒷모습을 보며 속상해하던 나는 얼마나 우스운가요.

괜찮다면 마지막으로 한 번만 더 초대하고 싶습니다. 당신께 서랍 속에 숨겨둔 못난 마음 들킨다 해도 어쩔 수 없습니다. 사실 안 괜찮은 날일수록 더 보고 싶었으니까요.

아무래도, 기대지 않는 사람은 사랑을 기대할 수 없나 봅니다.

당신께 서랍 속에 숨겨둔 못난 마음 들킨다 해도

어쩔 수 없습니다.

작은

묘비

나는 산에 오를 때엔 나쓰메 소세키의 책 《마음》을 들고 갑니다. 특히 애정하는 양장본으로요. 아주 높은 산을 갈 때면 꼭입니다. 잠이 들기 전 작은 램프를 켜놓고 읽어야지 생각은 하지만, 지쳐 곯아떨어지다 보니 한 번도 펴본 적은 없습니다.

여기에 과장을 보태면요, 이 책의 무게는 아마 침낭과 조금의 식량을 모두 합쳐도 그것보다 무거울 겁니다. 그러니 나는 그만큼 덜 먹고, 더 얇은 침낭을 가져가야 합니다. 어리석은가요. 머칠이고 올라야 하는 산행에서는 더욱 우스운 일들이 많이 일어납니다.

정상 바로 아래쯤입니다. 앉기에 알맞은 바위가 있거나 그나마 경사가 덜한 곳에서는 쉬어가는 이들과 종종 마주치게 됩니다. 그럼 어색한 인사를 나누고 으레 그러듯 언제 출발했느냐 물어보게 되는데요, 열에 아홉은 저보다 늦은 날 출발했다고 합니다. 적게는 하루, 많게는 이틀이나요.

그런데도 얼굴들이 꽤 보기 좋습니다. 나는 간혹 하산하고 있다고 오해받을 만큼 꽤 초췌한데 말이죠. 게다가 묵직한 배낭을 들키면, 도대체 무엇이 있느냐고 아껴둔 음식이라도 든 줄 압니다. 나는 멋쩍게 땀에 푹 절어버린 책을 꺼내어 보여 호기심이 있는 자리에 무거운 실망을 대신 앉혀버립니다.

그런 걸 왜 가지고 다닙니까? 하는 뾰족하고도 당연한 질문을 받기도 하는데, 그때엔 잘 몰랐습니다. 한번 가져가기 시작하니 없어서는 안 될 것 같다고 해야 할까요. 산을 타는 건 외롭잖아요. 하고 에둘러 대답하지만 영 시원치 않은 건 마찬가지였습니다.

동이 트고 아침이 오면, 다들 떠나고 어느새 나 혼자입니다. 일찍 일어난다고 일어났는데 몸이 무거운 탓인지 늦어버리기 일쑤입니다. 그리곤 도저히 몸이 성치 않아 정상을 앞두고 몇 번이나 망설였습니다. 결국 책을 비닐에 감싸 눈 속에 묻어두고, 언젠가 찾으러 오자고 마음먹었습니다. 그렇지 않으면 더는 못 나아갈 것 같았습니다.

결국 책을 꺼내놓고 감싸기 위한 비닐을 찾던 와중입니다. 저도 이 책 좋아해요, 하고. 당신 목소리가 날아든 겁니다. 묻으려던 마음이 벌겋게 달아올라 부끄러워졌지만 그래도요. 이 책을 아는 것은 고사하고 좋아하는 사람을 이 추운 곳에서 만날 줄 몰랐습니다.

다 젖어버려서요, 말리는 중입니다. 하니 본인의 책도 꺼내 보이지 않았습니까. 그래서 나는 사실 어느새 내용도 다 잊어버렸다고, 글자는 도저히 읽지 못할 만큼 번졌다고 진실을 털어놨습니다. 당신은 눈이 맑아서 금방 알아챌 것 같았거든요.

그랬더니 사실 당신도 마찬가지라고. 그 뒤로 우린 한참을 웃었습니다. 게다가 이런 모습이 어리석게만 보일 줄 알았는데, 당신은 계속 우리가 자랑스럽다고만 하니 처음엔 나도 이해가 가질 않았습니다. 당신은요, 산을 타다 죽는 것이 두려운 게 아니라 고작 입은 옷의 색깔 따위로 불리게 될 것을 무서워했습니다.

생각해보니 그렇더군요. 어쩌다 미끄러지고 내가 영 구조되지 못할 곳에서 잠든다면 나는 파란 점퍼를 입었으니 마치 이정표처럼 파란색 무언가로 불릴 겁니다. 그런데 우리에겐 나쓰메 소세키의《마음》이 있지 않으냐고. 혹시라도 자신이 나를 발견하거든 꼭 소세키라 이름 붙이겠다고. 그 말을 들으니 괜히 눈물이 났습니다.

그러면 나는 당신을 나쓰메라고 부를게요, 약속하고는 그대로 안녕. 헤어졌습니다. 덕분에 나는 아무런 두려움도 없이 정상을 올랐고, 여태 책을 가지고 다닙니다. 그리고 이제 누가 이 책에 대해 물어보면요, 이건 멋진 묘비입니다. 하고 혼자 웃습니다.

그래. 나는 소세키입니다. 무서울 게 하나 없지요. 세상을 살면서 꿈을 가지고 다닌다는 건, 이런 겁니다.

나는 소세키입니다.

무서울 게 하나 없지요.

세상을 살면서 꿈을 가지고 다닌다는 건,

이런 겁니다.

진심

우린 왜 매번 진심일 수 없을까요. 나는 괴로워했습니다. 세상엔 마음대로라는 말도 있는걸요. 그래서 마음대로 할 수 있는 게 마음인 줄 알고 살아왔는데 정작 필요할 때 내 마음은 고장 나버리더군요. 갑자기 꺼져버리고는 도통 말을 듣지 않으니 답답했습니다. 이렇다 할 걱정이 있는 것도 아녔는데요. 하지만 걱정은 마세요. 몸도 건강했고, 단지 오해가 있었던 것뿐입니다.

텅 빈 상자를 정성껏 포장해주는 일. 마음이 꺼지고 난 뒤 나의 삶을 요약하자면 이렇습니다. 진심이 아니라는 걸 어떻게든 들키고 싶지 않아서. 그래서 누군가를 만나면 말도 참 많이 했습니다. 눈을 마주치면 들킬까 방긋 웃고, 건네주는 작은 호의에도 눈물을 홀

리거나 몇 번이고 고마워요, 고마워요. 그랬습니다. 하루가 위태롭다…, 집에 돌아오는 길에는 죽은 사람의 표정을 하고 그렇게 되뇌었습니다.

쌓여 있는 상자가 바람 불면 훅 넘어지고, 그 속에 아무것도 없는 걸 발견하면 두 번 다시 나를 만나주지 않을 거야, 밤에는 이런 걱정을 하며 벌벌 떨었습니다. 그러다 결국 며칠을 앓아누웠습니다. 어떻게 그 소식을 알았는지 어제는 가족들이 우르르 몰려왔습니다. 나는 힘없이 가만히 누워 그들을 맞이해주었습니다. 나의 괜찮다는 말로는 부족하셨는지, 여간 걱정스러운 눈빛을 하기에 괜히 멋쩍어 '과일이라도 좀 사 오지 그랬어' 하고 너스레를 떨었습니다.

이어서 '그래, 빈손으로 와서 미안하다' 그러실 줄로만 알았는데 대뜸 '요즘 괜찮은 게 있어야 사 오지' 하셨습니다. 그건 그랬습니다. 여름이 막 오려는 때에는 괜찮은 게 없습니다. 돌아보면 지난겨울엔 아프지도 않았는데 딸기를 몇 박스나 보내주셔서 맛있는 곤혹을 치렀었지요. 그렇게 가족들은 빈손으로 왔다가, 빈손으로 갔습니다.

그리고 어제는 아주 깊은 잠을 잤고, 개운하게 오늘을 맞이했습니다. 그래. 마음은 마음이 괜찮을 때 쓰면 그만입니다. 꺼진 마음을 요란하게 숨길 필요도, 또 애써 포장하고 죄책감 느낄 것도 없습니다. 그러니 내일은 나도 빈손으로 찾아가겠습니다. 오랜만에 같이 산책하고, 별것 아닌 농담을 건네주세요. 하지만 각오하세요. 안 웃기면 웃지 않을 겁니다.

원색의

자국

촌스러워. 신기하게도 시골로 가는 길에는 원색의 꽃들이 즐비했다. 막 서울에 상경해 미묘한 색의 꽃들만 보다 보니, 절로 그런 말이 입에서 튀어나왔다. 원색의 꽃들은 '나만 봐줘' 그렇게 멀리서부터 아주 큰 목소리로… 떼쓰는 것 같아서 싫었다. 조금은 남을 배려할 줄도 알아야지. 짐짓 어른이 된 것처럼 인상을 찌푸리고 나무랐다. '서울은 말이야' 하고. 그래서 그때는 사랑도 어른처럼 했다. 어른 행세를 했다. 촌놈이 도시 사람처럼 굴었다. 촌스러운 빨간 내복 같은 색에 부러 흰색도 섞고. 아닌 척을 자주 했다는 말이다. 떼쓰는 것 같아서. 나만 봐달라고. 사랑한다고 너무 크게 말하면 촌스럽겠지. 내일도 보자고 하려다 애써 입을 막았다. 그럼 마음이 간지러워 긁다 피가 나곤 했다.

다음날 흥이 지면 아닌 척을 더 자주해야 했다. 흠 없이 매끄러운 게 유행이니까. 거치적거리지 않고 안녕이라는 말 뒤로 무엇도 덧대지 않는 게 중요해 보였다. 꽤 그럴싸했다. 그때 사람들은 내가 상경이라는 단어만 써도 놀랐으니까. 놀라는 척을 해준 걸까. 그 뒤로도 유행처럼 사랑하고, 절차에 맞게 이별했다. 휴대폰에 담긴 사진을 주욱 모아 다 지워버리면 법적 효력을 얻는 것처럼. 서울에서 편지나 사진, 선물 같은 것들을 태우며 마구 울고 있으면 잡혀간다. 다음날 출근해서 눈이 부어 있으면 폼도 안 나고. 그런데 아주 오랜만에 본 엄마는 나보고 하나도 멋없다고, 맹탕같이 살지 말라고, 서로에게 지울 수 없는 원색의 자국을 남기라고 했다. 죄책감 없는 사랑은 사랑도 아니랬다. 아빠는 아주 촌스러웠고, 그게 좋았다고 했다. 하긴, 아빠가 이것저것 섞어 요리해주면 멋은 없어도 맛은 있었다. 촌스럽게 질척거리지 않으면 섞이지도 않는다. 그날은 서울로 올라가는 버스 안에서 전화를 걸어 보고 싶다며 울었다. 하나도 멋없게.

몬순

몬순*. 그 한가운데에서 당신께 편지합니다.

4월부터 시작되는 긴 장마를 찾아 이곳에 왔습니다. 오늘도 땀이 옷을 적실만큼 무덥습니다. 목이 말라도 미지근한 물뿐이니 그다지 소용이 없고, 음식도 입에 맞질 않아 사다둔 과일 몇 개만 깨작거릴 뿐입니다. 텔레비전을 틀었지만 천장에 부딪히는 빗소리에 가려지니 도무지 알 수가 없고… 하는 수 없이 잠에 들고자 하면 작은 벌레들이 저를 가만두질 않습니다. 게다가 전등의 필라멘트는 아주 가냘프고 힘이 없어 종종 한낮에도 불이 꺼져 나를 당황하게 합니다. 그런데 나는 이런 곳에서 겨우 숨을 쉽니다.

몬순. 나는 몬순이 좋습니다. 비가 내리면 더는 이상한 사람이 아니어서 일까요. 아무도 믿어주지 않겠지만, 사실 당신을 잃었을 때 왜인지 슬프지가 않았습니다. 화창한 날씨 아래 무덤덤한 표정을 하고 있는 내가 소름 끼쳤습니다. 마지막 인사를 하고 돌아오는 길, 피

---

* monsoon. 계절에 따라 주기적으로 일정한 방향으로 부는 바람. 여름에는 바다에서 대륙으로, 겨울에는 대륙에서 바다로 분다. 인도와 동남아시아에서는 몬순이 부는 동안 장마가 이어진다. 그러한 지역에서는 우기를 통칭하는 말로 쓰인다.

어 있는 꽃을 보곤 예쁘다 생각했습니다. 집으로 돌아와 이런 모습이 메스꺼워 속에 있는 것을 모두 게워냈습니다. 멍이 들도록 세게 꼬집어봐도 나오지 않는 눈물에 화가 날 지경이니, 어떻게 해야 할지 몰랐습니다. 그리고 나를 조롱이라도 하듯 해는 끈질기게 비추고… 부끄러움만 벌겋게 드러나 어디론가 도망가야 했습니다.

며칠째 비가 세차게 옵니다. 이곳 사람들은 우산을 써도 젖는 걸 아는 모양인지 잘만 걸어 다닙니다. 그러니까, 비를 맞는 게 대수롭지가 않은 곳입니다. 이젠 나도 일부러 우산을 두고 외출을 합니다. 그렇게 한참을 비를 맞다 하늘을 올려다보면 움푹 파인 눈두덩이로 빗물이 고이는데, 이내 볼을 타고 쏟아지는 게 마치 눈물 같습니다. 내가 흘리지 못하는 것들을 비가 대신하는 겁니다. 앞으로 몇 달은 더 비가 내릴 걸 압니다. 나 대신 울어주는 몬순이 끝나면 그때 좋아하시던 꽃 들고 찾아가겠습니다. 늦은 인사에도 부디 반가워해주세요. 그럼 날이 맑아도 나는 괜히 위를 쳐다보고… 몬순 그 한가운데에 있는 양 눈물 뚝뚝, 흘리겠습니다.

밤에 쓰는

편지

늦은 밤이다.

오늘은 이불 대신 책상 위로 새하얀 종이를 가지런히 뉘인다. 지금
도 누군가 널 쫓는 꿈을 꾸고 있을까. 네가 잡히기 전에 이 편지가
도착할 수 있다면 좋겠다.

그래. 너의 방황은 순전히 사랑이 많은 탓이다. 사랑은 두 군데가 동
그랗고, 한 군데가 뾰족하니까. 그러니 삼분의 일 확률로 찔리고 슬
퍼할 수밖에 없다. 하나라도 더 껴안으려면 반드시 뾰족한 쪽을 자
신의 가슴으로 향하게 해야 한다.

너와는 달리, 나는 비겁해서 둥그런 쪽을 껴안고 몇 개 없는 사랑을 품고 살아왔다. 마치 고슴도치처럼. 다가오는 것들이 죄다 찔리고 아파했지만 나는 애써 외면했다. 길을 나서지 않은 사람만이 길을 잃지 않는다고 했던가. 덕분에 나는 방황하지 않았지만 몇 년째 제자리에 있다.

네가 하얀 옷을 좋아하지 않았더라면, 나는 이 사실을 여태 몰랐을 것이다. 툭 튀어나온 모난 사랑에 점점 깊게 찔리면서도 너는 어떻게 웃을 수 있었나. 배어 나오는 슬픔을 무엇으로 틀어막았나. 지울 수 없는 자국이 생길 때까지 너는 몇 개의 비누를 야위게 했는가.

옷이 많이 해졌구나. 새 옷은 내 하얀 피부를 기워 만들면 좋겠다. 흉터 없는 피부는 더 이상 자랑이 아니니까.

그래. 너의 방황은 순전히 사랑이 많은 탓이다.

서로를 파괴하고

　　서로를 다시 가다듬어요

나는 오래도록 혼자 살아왔습니다. 누군가의 간섭을 지나치게 힘들어하는 나로서는 이것이 자유고, 축복이었습니다. 따라서 즐거운 마음으로 나와 대화를 하고 무엇을 좋아하는지, 무엇을 싫어하는지 계속해서 알아나갔습니다. 그렇게 나를 정의하는 몇 가지 항목들이 생겨났는데, 여태 그에 따라만 행동했고 큰 불만 없이 살아왔습니다.

그런데 참 이상하게도, 어느 순간부터는 좀처럼 쉬이 잠들 수가 없어졌습니다. 사실은 내일이 오지 않기를 바랐던 것 같습니다. 루틴에 어긋날 리 없는 내일이 싫지는 않지만 이상하게 더 이상 설레지도 않았기 때문입니다. 이런 루틴은 단순히 빨래를 하루 미루고, 좋아하지 않던 장르의 영화를 본다고 해서 깰 수 있는 것도 아니었습니다. 하루 내내 침대 위를 벗어나지 않아도 그 누구도 나를 밖으로 끌어내질 않습니다. 사람에게 무한한 자유는 곧 부자유가 된다는 말을 믿지 않았기에 나는 적잖이 당황했습니다. 무엇이든 할 수 있는 사람이면서, 무엇도 할 수 없는 사람이 되어버렸습니다.

그리고 나는 지금 당신과 핀란드에 있습니다. 당신을 안 지 이제 일주일이 조금 넘었을까요. 시간이야 중요치 않겠지만 정말 놀라울 따름입니다. 좀처럼 얼굴이 붉어지고 숨이 가쁜 것을 주체할 수 없어 잠든 당신을 옆에 두고 이렇게 글을 적을 수밖에 없습니다. 해는 여태 지지 않았고, 창밖으로는 푸른 나무들이 서로를 부딪히며 생경한 소리를 냅니다. 다시 말하지만 나는 이곳을 전혀 모릅니다. '핀란드'라고 입에 머금으면 무언가 정신이 아주 먼 곳으로 떠나가버리는 것 같아 선택한 것뿐입니다. 마침 비행 편이 있기도 했지만요. 긴 비행에 몸은 꽤 피곤하지만 웃음이 자꾸만 새 나옵니다. 일생을 사형수로 살아오다, 당신이 뚫어놓은 작은 터널을 발견하고 지금 막 탈옥한 심정이라고 하면 믿으실까요. 물론 누군가 나를 잡으러 오지는 않겠지만, 나는 지금도 당신 손 잡고 더 멀리, 멀리 가자고 재촉하고만 싶습니다.

나에게 있어 당신은 혼돈입니다. 여태 피하려고 했던 것들이 모두 당신 손에 담겨 있는 듯합니다. 계획을 세우지도 않고, 어떤 일들의 순서나 효용을 가늠해보지도 않습니다. 바람이 불었다는 이유로 당신은 무언가 결심합니다. 언젠간 그런 말을 들은 적이 있습니다. 한쪽 발은 질서에, 한쪽 발은 혼돈에 두고 살아가야 한다고. 당시에는 잘 이해가 가지 않았지만 지금은 깊게 이해합니다. 우리는 혼돈만으로 살 수도 없고, 질서만으로도 살 수가 없습니다. 어스름한 생각이지만 나는 사랑이 정확히 그 가운데에 자리 잡고 있다 생각합니다.
서로를 파괴하고, 서로를 다시 가다듬어줍니다. 바로 그런 땅 위로
살아 있는 생명이 찾아오는 것입니다.

부디 같이 나아갑시다.
보잘것없는 질서 속으로, 예상할 수 없는 혼돈 속으로.

서툰 마음으로 서성이고

서성이고

우린 약속 시간에 맞춰 만나는 법이 없어요.
순전히 나의 탓이에요.

급하게 도착해 헝클어진 머리를 보여주고 싶지가 않아
미리 그곳에 가 있는 데도요.

행여나 길을 헷갈리지는 않을까,
인파 사이에서 나를 못 찾고 헤매지는 않을까
발을 동동 구르다 그만,

당신 집 방향으로 몸이 가버리는 걸요.

어쩔 수 없어요.

그런 탓에 서로 한참을 찾아다니다 겨우 만날 수 있죠.
그래요, 정말 어쩔 수 없는 마음이에요.

가만히 앉아 있을 수 없어요.
당신 있는 방향으로 서성이고 싶어요. 마음이 그런 걸요.
나는 이런 식이에요. 서툴다 해도 상관없어요.

이런 게 서툰 마음이라면,
우리 평생 서툰 사랑을 해요.

이런 게 서툰 마음이라면,

우리 평생 서툰 사랑을 해요.

가쁘게

기쁘게

그곳은 아침일까. 나는 하루를 비행하여 이곳에 왔다. 가만히 앉아 한숨도 잠에 들지 않았지만, 걱정 없다. 밤은 새지 않았으니까. 해가 뜨는 방향으로 나아가 고작 아침에서 점심으로 도착했을 뿐이다.

그래. 너에게 가장 먼저 전화하자. 그렇게 약속했는데 그러질 못했다. 나는 그 대신 숨 쉬는 시늉을 했다. 바깥에 한 시간은 있었던 금붕어가 다시 호수로 돌아간 것처럼. 시원한 공기로 가슴을 부풀리고, 다시 뜨거워진 숨을 연거푸 내뱉었다. 한여름에도 입김을 보았다고 하면 네가 믿을까.

그러고 있는 게 나뿐만이 아니어서, 나는 한참이나 기차역에 앉아 그 광경을 지켜보았다. 다들 숨을 쉰다. 가쁘게. 기쁘게. 도착과 동시에 숨 쉬는 시늉을 하기로 입국 심사관과 약속한 것이라 믿어야지. 겨우 이런 시시한 생각이 떠오르고 나서야 자리에서 일어났다.

네가 묵었던 그 방에 돌아와서도, 계속 떠올렸다. 넓은 자연과 숨 쉬는 광경. 분명 너도 그랬겠지. 너는 기침이 났을까. 입김을 봤을까. 그리고 나처럼 이유를 궁금해했을 거다. 왜 숨 쉬는 시늉을 하게 되는지. 넌 어떤 답을 내렸나.

나는 옷을 벗던 네가 보인다. 부끄러워하는 나와는 달리 역할극이 끝나고 거추장스러운 옷을 벗은 사람처럼 자유로운. 그리고 분명 숨 쉬는 시늉을 했었다. 그래. 나무는 옷을 입지 않아도 된다. 그게 자연스러우니까. 너도 그러리라.

모두 기차에서 내리면 꽃과 풀과 커다란 나무를 보게 되고, 이곳에선 연극을 하지 않아도 괜찮다는 사실을 알아차리는 게 아닐까. 그러니 약속처럼 분장을 지우고, 옷을 벗고 개운한 숨을 쉬는 게 아닐까.

아니, 연극을 하더라도 이곳에선 구태여 잘할 필요가 없다. 옷을 벗은 나무들 주위로 가장 밝은 조명과 더없이 아름다운 꽃다발이 있고, 새들은 아무것도 안 했지만 기꺼이 축하해준다.

자, 나도 한 꺼풀씩 옷을 벗는다. 나무처럼 춤을 춘다.

언젠간 네가 온다면,
너와 나는 벌거벗은 채 가만히 서 있기로 하자.

언젠가 네가 온다면

사랑은 고이지 않고
흘러야만 합니다

아무 날도 아니지만 사랑한다 말하는 게 부끄러운가요? 사랑이라고 소리 없이 머금기만 해도 두드러기처럼 돋아나는 간지러움에 어쩔 줄 모르나요. 어느새 우리 사이에 사랑이 미술관의 두꺼운 유리 속 무엇이라도 된 양, 지나치게 특별해진 것 같아 슬프기만 합니다.

덩달아 사랑을 주는 것도 받는 것도 꽤나 특별한 일이 되어버렸습니다. 바다에 가득 차 있는 물과 같이 마음속을 한껏 채우고 있는 것임에도 우리는 왜 이럴까요.

그러니 부끄러워 말고 시도 때도 없이 사랑을 말해주세요. 일 년에 고작 하루뿐인 십이월 이십사일의 밤을 기다렸다 애써 긴 편지 쓸

것도 없습니다. 베란다 작은 화분에 물을 주며 당장 꽃이 피어나길 바라지 않듯, 사랑을 주고 다시 받지 못할까 두려워할 것도 하나 없습니다.

하물며 마침내 꽃이 피어날 때 당신 떠나고 그 자리에 다른 이가 있다 해도 부디 사랑을 멈추지 말아주세요. 당신 있는 곳에도 분명 누군가 심고, 피워둔 꽃이 있을 테니까요.

이렇게 사랑은 고이지 않고 흘러야만 합니다.
내가 아니라, 당신을 위해서라도요.

사랑은 고이지 않고 흘러야만 합니다.

내가 아니라, 당신을 위해서라도요.

Part 4

다만

바라는 것이 있다면

다만

바라는 것이 있다면

다만새해에바라는것이있다면당신께서아무것도아닌날도있다는사
실을마음깊은곳에서이해하시기를. 매일펼쳐적으시는일기에가끔은
어떤것도적지않으시기를. 어쩌다내뱉은한숨에 지나친의미를찾지않
기를. 모든 것에 진심을 다한다면 모든 것이 도리어 평범해짐을 깨달
으시기를. 작은 공백에 담겨 있는 옅은 희망과 함께하시기를

쥐고 있는 손을
펼칠 수 있는 용기

백수. 새하얀 손은 놀림감입니다. 텅 비어 있는 손이 난 부끄러워요.
그러니 이따금 불안해지면 아무 것이나 손에 쥐고 말죠. 그게 차가
운지도 모르고. 아니면 뜨거운지도 모르고.

새하얀 손은 점점 상처로 물드네요. 흉진 손을 난 더 부끄러워해요.
그러니 이제는 고통스러워도 오래도록 손에 쥐고 있죠.
차가운 것도 괜찮아. 아니면 뜨거운 것도 괜찮아.

당신이 아프지 않나요, 물어도 괜찮다고만 해야 하죠. 놓은 손은 더
보기 싫으니까. 그러면 약을 가져와도 손에 쥔 것을 놓질 않아 바를
수도 없으니까요. 당신은 자꾸 슬퍼해요.

어느 날 지쳐 잠이 들어 쥔 것 놓친 날에는 탯줄 자른 아이처럼 울었어요. 그러니 당신이 말해요. 나, 손금 볼 줄 알아요. 그런 핑계로 부끄러운 내 손 꼭 잡고 놓질 않네요.

땀이 나도 괜찮다고. 눈물 나도 괜찮다고. 흉터 다 나을 때까지만 이대로. 우린 일 년 동안 손 붙잡고 어디든 다녔죠. 나는 겨울이 와 이제 다 나았다고, 어서 손금 봐줘요, 해요.

당신은 사실 손금에 대해 무어라 아는 게 없어 봄이 오면 나랑 결혼하겠네, 해버리죠. 손에 반지 하나 있으면 사랑을 쥔 거라고. 나는 또 울어요. 새하얀 손으로 얼굴 가리고.

쥔 것을 놓고 손을 넓게 펼쳐야 내 마음 알 수 있다는 건 왜 몰랐을까요. 새하얀 손으로 가장 먼저 쥐어봐야 하는 건 심장이어야 해요. 무엇 가까이서 요동치는지 알 수 있도록.

새하얀 손으로 가장 먼저 쥐어봐야 하는 건

심장이어야 해요.

무엇 가까이서 요동치는지 알 수 있도록.

스윙

바이

제가 태어나기도 수십 년 전, 우주 먼 곳으로 쏘아 올려진 탐사선의 이름은 여행객, 보이저Voyager입니다. 그리고 이 여행객이 향하는 목적지는 '가능한 한 먼 곳' 입니다. 그 여행은 여전히 진행 중이고요.

1977년도에 쏘아 올려진 후 목성과 토성을 거쳐, 지난 2005년에는 태양계 끝자락에 다다랐습니다. 이제 그가 지나온 거리는 무려 200억 킬로미터를 훌쩍 넘었습니다. 이는 그가 얼마나 긴 시간 동안 빠르게 나아갔을지 짐작하게 할 뿐, 지나치게 큰 숫자들은 길게 나열해보아도 실감이 잘 안 되는 것이 사실입니다.

이 시간에도 멈추지 않고 더 먼 곳으로 나아가고 있는 그를 상상하자면 어느새 궁금해집니다. 그는 어떻게 저리 작은 몸집으로 아주 먼 거리를 여행할 수 있었을까요. 심지어 가지고 있는 연료의 대부분은 지구와의 통신을 위해서만 사용했다는데도요.

그는 출발하기 전, 더 먼 곳으로 향해야 하는 여행의 목표를 위해 처음 스윙바이swingby라는 아이디어를 떠올렸습니다. 쉽게 말해 진행 방향 앞에 놓인 행성들의 중력을 이용하자는 생각이었습니다. 행성이 내뿜는 거대한 중력에 아슬아슬하게 빨려 들어가다 공전 에너지를 새로운 연료 삼아 진입 전보다 더 빠른 속력을 내 끝내 다시 튕겨 나오게 되는 것이죠. 마치 투포환이 던져지듯 말이에요.

자칫하면 행성의 중력을 탈출하지 못할 수 있으니 분명 꽤 위험한 방법입니다. 하지만 궤도가 정확하다면 별다른 연료 없이도 원래의 몇 배에 달하는 속도를 얻게 됩니다.

이쯤에서는 모두 예상하셨겠지만, 그의 계산은 다행히 정확했습니다. 그는 처음 지나는 행성인 목성과 토성을 지나며 두 번의 성공적인 스윙바이를 해냈고, 덕분에 큰 연료 소모 없이 지금껏 아주 빠른 속도로 여행을 지속하고 있습니다.

이름부터 참 경쾌하고 좋습니다. 스윙바이. 한참이나 삶을 살아나가는 데에 연료 부족이라 느끼고 있었던 터라 더욱 좋아할 수밖에 없었던 아이디어입니다.

맞습니다. 우리도 삶의 여행자로서 여태 짧지 않은 시간 동안 자신만의 여행을 해오고 있습니다. 또, 한 번뿐인 기나긴 여행이니만큼 목적지 역시 꽤 먼 곳에 있기 마련입니다. 그러나 시간이 지날수록 눈에 보이지 않는 목표를 향해 나아간다는 것이 결코 쉽지 않음을 압니다. 날마다 쉼 없이 걷지만 좀처럼 가까워지지 않는 것 같아 발걸음은 불안합니다. 가끔 지칠 대로 지쳐버린 날에는 '이게 다 뭐라고' 포기하고 싶은 마음이 굴뚝같아집니다.

그러니 이제 우리도 보이저호처럼 스윙바이, 하면 좋겠습니다.
살펴보면 삶에도 행성의 중력을 꼭 빼닮은 것들이 있기 때문입니다.

'욕구'를 좋은 예로 들 수 있겠습니다. 여태 터부시해왔지만, 사실 욕구만큼 중력을 닮은 게 또 있을까요. 자연적으로 생겨나, 우리를 강하게 끌어당기는 것까지 꼭 빼닮아 있습니다.
지나치게 다가가면 그 주위를 오랜 시간 맴돌아야 할지도 모르지만, 긴 여행을 쉬이 지치지 않고 이어가게 해줄 수 있는 충분한 에너지원이라는 것은 분명합니다.

불을 다루기 시작하며 많은 것들이 가능해진 것과 같이, 욕구도 스스로를 위해 자유로이 다룰 수 있다면 우리 삶은 어떻게 바뀌게 될지 궁금해질 따름입니다.

예쁘다고 말해줘서

예쁜 것

서로를 예쁘다고 말해주었다.

우리가 예뻐서 예쁜 게 아니고, 예쁘다고 말해줘서 예쁜 거다.

아름다움의 출발점이야 저마다 모양이 다르겠지만

결국 서로에게 닿아야 도착이고, 그것이 아름다움의 완주이다.

아, 예쁘다는 마음은 복잡하지 않고 올곧아서 좋다.

예뻐하는 마음에는 다른 단어들을 구태여 붙이지 않아도 된다.

예쁜 네 목소리, 예쁜 네 손. 예쁜 생각, 예쁜 말들. 참 예쁘다.

예뻐하는 마음이 참 단순하게도 생겨서

네 어디가 예쁜지 물어봐도 하릴없이 웃을 뿐이다.

내일로

가자

제가 지난번 편지에 생일을 싫어한다고 말씀드렸던가요?
생일은 그즈음의 내 기분이야 어떻든 꼭 기쁜 사람이 되어야 하니
그게 무척이나 벅차고 힘들었답니다. 어쩌다 작은 슬픔이라도 슬쩍
내비칠 때면 죄책감마저 들고, 기억에 남는 날을 만들어야 한다는
어리숙한 사명감을 쉬이 떨쳐낼 수 없었어요.

그런 나는 창밖에 피어난 꽃을 보며 생일을 떠올려요. 생일에는 생
일인 사람다워야 하는 것처럼 봄에는 나도 봄다워야 할 것 같아서.
오히려 지나치게 밝은 해를 보면 잠시 눈이 멀듯, 만개한 화사함 앞
에 오히려 부끄러움을 느끼는 나는 이상한가요.

어쩌면 빛은 닿는 곳의 색을 더 선명하게 만들기 위해 그림자 지는 곳의 색을 빌려오는 게 아닐까, 이런 생각을 해요. 그렇담 봄이 더 짙어질수록 내 방의 색은 더 옅어지겠죠. 새소년의 난춘亂春이라는 곡에 이런 가사가 있어요.

오늘을 살아내고 우리 내일로 가자.

내일로 가면, 오늘보다 더 옅어진 나를 당신은 단번에 찾을 수 있을까요. 아니면 당신도 회색 방에 누워 있나요. 애써 창을 가려두었나요.

오늘을 살아내고 우리 내일로 가자.

취급

주의

자기애는 불과 같다. 삶에 있어 빠질 수 없는 요소이지만, 어떻게 다루느냐가 무엇보다 중요하다. 지나치게 멀리 두면 추위를, 지나치게 가까이 두면 화상을 입는다.

한번 비에 꺼지면 다시 피우기가 어렵고, 걷잡을 수 없이 번질 땐 많은 것을 집어삼킨다. 한마디로 취급주의, 요주의 물건인 것이다. 옆에서 담배를 피우면 안 된다는 등의 경고 스티커나 표지판이 없다는 게 유일한 차이점이 아닐까.

따라서 나는 직접 손을 데이고 이것저것 태우며 몸소 깨닫는 수밖에 없었다. 지금 미적지근한 단어들로 애써 글을 적고 있는 이유다. 당신은 조금이나마 덜 다치고, 덜 추웠으면 좋겠으니까.
매일 적당한 장작과, 적당한 불씨를 준비하자.
그저 요긴하게 써보자.

사랑에도

요령이 필요한걸요

사랑하면요, 피곤하답니다. 어떤 게 그리 피곤하냐고 물으니 돌아오는 대답은 이렇습니다. 이런저런 것들을 포기하게 된다고. 참다 참다 싫은 소리를 하면 엉엉 울고, 싸우고. 그런 것에 지쳐버렸다고.

왜 참으셨어요? 하고 한 번 더 물으니 이번엔 사랑했으니까요, 합니다. 어떻게 보면 맞는 대답이지만, 또 아주 틀린 대답 같기도 해서 저는 한참 웃다 말고 말합니다. 사랑에 요령이 없었을 뿐이라고.

생각해보세요. 사랑이 고작 참아야만 하는 거라면 아마 모두 혼자 살았을 겁니다. 아니, 그렇게 믿는 사람들이 혼자 살게 되는 걸지도 모르죠. 심지어 포기해버리는 사람도 있습니다. 원래 그런 사람이니까, 하면서요.

그럼 당연하게도 사랑은 피곤하고 괴로워집니다. 박혀 있는 가시처럼 사랑을 꼭 껴안으면 어딘가 불편하고 눈물이 찔끔 나니 점점 따로 자게 되고, 마음도 저 멀리 달아나버리게 되죠. 이처럼 사랑은 핑계 삼으면 쉽게 닳아버립니다.

그러지 말고 우리 서로를 기쁘게 만들어버리면 어떨까요. 하지 않았으면 하는 행동들을 했을 때 애써 참거나 싫은 소리를 하기보다는, 오히려 그런 행동을 하지 않았을 때 아주 기뻐하는 겁니다. 상대방이 나를 기쁘게 하는 존재로 만드는 거죠.

가령 약속 시간에 늦으면 걱정해주고, 맞게 도착하면 꼭 껴안고 환하게 웃어주기만 하면 됩니다. 보고 싶었는데 서둘러 와줘서 고맙다고. 그럼 당신 만나러 오는 길이 더 기다려질 테니 어느 날엔 한참 일찍 도착해 있을지도 모릅니다.

요령이라고 해도 너무 간단해 보여 실망하셨다면 다행입니다. 사랑은 불합리할 만큼 작은 노력에도 큰 기쁨을 주니, 참으며 사랑하고 있다면 어려운 마음 내려놓고 요령껏 기뻐지면 좋겠습니다.

찬란한 온점들

아래 서서

깨끗한 눈 위를 밟아야 하는 죄책감과 설렘을 기억하기에 사랑의 시작은 어렵고도 아름다운 일이지 않은가 생각이 들어 이내 이 숨 가쁜 사랑이 끝나지 않기를 바라는 마음으로 여태 한 번도 그 발걸음 쉰 적이 없고 글이 흘린 눈물을 닦아내듯 당신 얼굴 위로 한 개의 온점을 찍은 적 또한 없을뿐더러 끝끝내 우리 사랑에도 한 개의 온점을 찍지 않고자 들이마신 사랑을 아주 천천히 내뱉고 있음에 슬프지도 후회하지도 않아 다만 결국 생이 영원하지 않듯 우리 사랑도 언젠가 숨이 다해 온점을 찍어야만 한다면 나의 눈물로 찍을 테니 부디 당신께서는 울지 말고 밤하늘 올려다보아 내가 여태 숨겨둔 찬란한 온점들 아래 서서 아름답게 빛나소서…

세상에 태어나는 모든 실패를
맛있게 먹어치울 수 있도록

나, 먹는 건 잘해요. 누군가 요리를 할 줄 아느냐고 물으면 언제나 부끄러워서 내놓는 대답이죠. 그런데 당신이 먼저 말하면 어떡해요. 먹는 건 잘하고, 요리는 영 실력이 없다니.

보통 둘 중 한 명은 잘해야죠. 하다못해, 라면이라도 잘 끓인다고 말해줘요. 이러니 우리는 배가 고파지면 별 수 없이 산책을 나가요. 나무도, 꽃도, 흐르는 강과 그 위로 뿌려진 빛마저 다 먹어버릴 기세로.

하지만 어여쁜 것 다 먹고 나서도, 당신은 너무 말랐어요. 나는 그게 걱정이 돼 돌아오는 길엔 꼭 서점에 들르죠. 곯은 배가 탈날까, 하얀 종이로 끓인 죽을 사서 천천히 읽어주면 며칠은 또 겨우 버틸 수 있으니까.

책장이 가득 찰 때쯤 이것도 입에 물리면 어떡하죠. 나는 또 안절부
절못해요. 그래서 나, 작은 칼과 연필을 사 온 거예요. 당신 잠든 사
이 서투른 솜씨에 손 베이고 몇 개의 연필이나 못 쓰게 되었지만 조
금씩 나아지고 있어요.

새하얀 그릇 위에 무어라 써볼까요. 사랑한다고 적어놓고는 몇 번이
나 지우니 그릇엔 구멍이 나고, 구겨져 볼품없죠. 내 마음은 더 어려
운데, 글은 소박하니 자꾸 욕심이 나요. 당신 일어나기 전에 실패한
편지들은 모두 숨겨둬야 하죠.

그런데 돌아와보니 당신은 왜 울고 있나요. 나는 꼭 안아주려고 가
보니 당신은 너무 배가 부르다고, 행복하대요. 살펴보니 상자는 열
려있고, 못다 쓴 편지를 모조리 읽었더군요. 나는 또 부끄러워서 울
음이 날 뻔했는데, 자꾸 고맙다고만.

나의 모든 실수를 그렇게 맛있게 먹으면 어떡해요. 그러니 당신은
대답 대신 편지를 내밀어요. 라면 스프라도 되는 건지, 급하게 썼으

니 맛없을 거라 덧붙이는 게 왜 그렇게 귀여울까요. 예상대로 어떤 단어는 덜 익고, 어떤 건 너무 익었어요.

하지만 맛있네요. 하나도 안 매운데 눈물이 계속 날 정도로. 나는 배불러도 또 먹고만 싶어요. 맞아. 사랑하면 자꾸 실패해도 배고프지 않을 수 있나 봐요.

그러니까, 나는 세상 사람들 다 사랑하면 좋겠어요.
세상에 태어나는 모든 실패를 맛있게 먹어치울 수 있도록.

슬픔은 항상

쉬운 고백

자신의 슬픔이 상대방의 것보다 별 볼 일 없어 보여야만 내비칠 수
있다는 게, 그러니까 요즈음의 슬픔에는 겸손이 섞여 있는 게 나는
아주 싫다. 이런 유행은 거절하련다. 너는 애초에 지나치게 겸손해
서, 어떤 슬픔도 고백하지 않아왔으니까.

그 대신 아무 말에도 막, 웃는다. 작은 소식에도 놀라고 박수 친다.
밤에도 밝다. 너를 떠올리면 언제나 이런 모습뿐이다. 화장실에 가
는 건 하나도 안 부끄러워하면서, 영화를 보다 우는 건 엄청 부끄러
워한다. 우는 게 죄라도 되는 양.

검은 방을 환하게 비추는 등잔도 자신의 발아래만큼은 밝히지 못

하여 부끄러워할까. 촛불도 떨어트리는 촛농만큼은 숨기고 싶어 할까. 너처럼 미안해할까. 너는 주변 사람 다 밝히면서도, 정작 자신은 어둡다. 그리고 그걸 숨긴다.

그건 정말이지 불공평하다. 그럼 내가 뭐가 돼. 사람에게 손톱이 자라듯 슬픔도 계속 생겨나는 게 당연한데, 넌 새벽마다 몰래 깎는지 매번 눈물이 지나치게 짧다. 네 슬픔은 무얼 보고 알아채야 할까. 나는 여태 고민했다.

그러다 어제는 날이 추워진 탓인지 이가 시려 치과에 다녀왔다. 나는 태어나길 뻔뻔해서, 눈물을 참지 않는 사람이니까 진료하는 게 무섭지는 않았다. 아프면 울어야지, 그럼 살살해줄 거야. 생각했다.

하지만 입을 아 벌려둔 내 얼굴 위에는 녹색 천이 드리웠다. 아무리 울어도 티가 안 날 것 같아 당황했다. 그러니 의사선생님이 말했다. 아프면 손을 들어주세요. 나는 그날 세 번이나 손을 번쩍 들었고, 덕분에 한 번도 울지 않았다.

그리고 눈길을 걸으며 떠올렸다. 세상 사람들 전부 우는 건 잘 못하니까, 마음 아플 때마다 손을 드는 걸로 하자고. 사랑할 때 꼭 입 맞추는 것처럼.

우는 건 좀처럼 어렵지만, 손 드는 건 쉽지 않을까. 그래도 네가 부끄러워하면, 저기 날아가는 새를 보라고. 하늘을 바삐 지나가는 구름과 손톱처럼 떠오른 달을 보라고 자꾸만 보챌 거다.

손 드는 게 어색하지 않게. 가끔은 타인의 기분과는 상관없이 손 들어 보일 수 있게. 슬플 때마저 겸손할 필요 없다는 걸 네가 알았으면 좋겠다.

나는 증명하지 않아도 되는

세상입니다

당신은 이따금 기쁨에서 중심을 잃고 슬픔으로 떨어집니다. 그렇게 주저앉아 신음하는 날이 오는데, 나는 끈질기게 그 이유를 알고 싶어했습니다. 이토록 날이 맑은데 어째서일까요. 바람도 불지 않고 날아와 앉았던 가지도 부러지지 않았으니 감기다, 마음에 감기가 들었구나 싶어 있는 힘껏 껴안는데, 당신은 매번 덥다며 뿌리치기 일쑤입니다.

그럼 나는 안절부절못하며 내가 가진 말 중 가장 다정한 것을 꺼내어 보여야 하죠. 이해한다는 말입니다. 그 마음 이해한다고. 어떤 슬픔일지 알 것만 같다고. 하지만 당신은 무서우리만치 그 말을 싫어했습니다. 심지어 결코 알 수 없을 마음을 이해하는 척 말라며 뒤돌아 더 서럽게 울음을 터트립니다. 이상했습니다. 이해라는 건 내가 할 수 있는 가장 최선의 사랑의 방법이었습니다. 이해하기에, 사랑한다고. 원인과 결과처럼.

어쩌면 나는 그때 그 말을 하지 말았어야 했습니다. 살아보니, 세상에는 이해할 수 없는 것들이 훨씬 많더군요. 나는 고작 아주 작은 들판 위에서 모든 것을 이해한 척 살았던 겁니다.

공식이 없는 것. 마음과 사랑. 아무 이유도 없이 나를 세차게 뒤흔들어 놓는 것들. 온몸으로 영혼이 있다는 것을 느끼고 나서야 나는 당신의 마음 그 작은 한 부분에 들어갈 준비가 된 것입니다.

그리고 나는 그곳으로 들어서며 말할 겁니다. 당신을 믿는다고. 사랑이 고작 이해할 수 있는 거라면, 사랑은 사랑이라고 불리지 못했을 겁니다. 당신을 이해한다는 사람들도 다 사기꾼일 테고 그것도 아니면 바보겠지요.

나는 이제 막 이해의 땅에서 믿음의 땅으로 이주하였으니 꼭 외국인이 된 기분입니다. 하늘이 이렇게나 높고 푸르렀는지, 낯설어 무서운 것도 사실이지만, 기분은 날아갈 듯 좋습니다. 광활한 사랑을 할 준비가 되어서일까요.

나는 당신과 이곳에서 사랑이 정말 눈에 보이는 것처럼 행동하고, 서로를 꼭 끌어안을 때엔 마음이 닿아 간지러운 듯 굴 겁니다. 당신이 아주 긴 시간 산책하러 가신다고 해도 불안해하지 않을 겁니다.

그저 눈이 와요, 하면 한여름에도 목도리를 할 테고. 비가 와요, 하면 맑은 날에도 우산을 펴겠습니다. 당신이 영원에 대해 말을 하면, 고작 스무 해를 살아온 나지만 조금도 의심하지 않고 영원을 믿겠습니다.

자, 사랑을 합시다.
나는 이제 증명하지 않아도 되는 세상입니다.

단 한 장에 담길 리 없는

사랑이어도

그녀와 나는 글을 쓰는 게 직업이고, 형편이 여의치 않아 사무실이되었다가, 식당이 되고, 또 작은 침실이 되기도 하는 집에 삽니다. 이말인즉슨 그 좁다란 방에서 아주 오래도록 붙어 있어야만 한다는것입니다. 붙어 있으면서도 서로 얼마나 말이 많은지 가만히 듣고있던 식물이 그만 시들어버릴 정도입니다.

그렇게 몇 년쯤 지나니 이제는 마음도 훤히 들여다볼 수 있습니다. 크리스마스가 와서, 제아무리 요란한 포장으로 선물을 꽁꽁 감춰두어도 우린 내용물이 무엇인지 대번에 알아맞힐 정돕니다. 그래서 선물을 주면서도 쑥스러운 나머지 막 웃고 맙니다. 하지만 이런 날들이 기다려지지 않는 것은 아닙니다.

우리는 서로가 잠에 들 때만 기다려 몰래 한 장의 편지를 꼭 쓰기 때문입니다. 그 한 장의 편지는, 도무지 예상할 수 없는 것들로 가득해서 좋습니다. 사실 그렇게 많은 말을 주고받았으니 아주 새로운 내용은 아닙니다. 우리는 이미 서로의 수많은 애칭을 알고, 근래의 눅진한 희망을 알고, 몇 번이나 거듭한 약속을 기억하지 않습니까.

하지만 연필을 쥐고 하나의 커다란 지진계가 되어 흔들리는 마음을 그려낸 글자들은 아주 제멋대로고 숨김없이 솔직합니다. 종이를 펼쳐 빛에 비춰보면 여러 번 지웠다가 고쳐 쓴 흔적들이 보이는데, 쓰다 말고 졸았는지 갑자기 생뚱맞은 주제로 넘어가기도 합니다. 약간씩 다른 글자들의 크기와 덧대어 쓴 듯 두꺼워진 글자들로 나는 점자를 읽듯 보이지 않던 마음을 구석구석 만져볼 수도 있지요.

그리고 나는 그중에서도 마지막 줄 아래로 잔뜩 삐져나온 글들을 정말 좋아합니다. 넘쳐버린 사랑을 종이로 닦은 듯해서. 마치 외출을 할 때, 끝까지 아무 말도 않다가 문을 열 때가 되어서야 맨발로 달려와 목도리를 챙겨주고, 신발 끈을 여며주고, 구겨진 지폐를 주머니에 몰래 넣어주는 것 같아서요. 조심해서 다녀오라고. 그럼 나는 제 아무리 추운 날에도 마음이 얼지 않을 수 있습니다.

이토록 말이 많은 세상에서도 우리가 사랑 편지를 쓰는 이유입니다. 단 한 장에 담길 리 없는 사랑을 어떻게든 적어 내려가는 그 모습이 나에겐 가장 기쁜 선물이 됩니다.

우리는 이미 서로의 수많은 애칭을 알고,

근래의 눅진한 희망을 알고,

몇 번이나 거듭한 약속을 기억하지 않습니까.

아침,

사랑

어스름한 새벽에 눈을 뜨면, 내 얼굴은 씻지도 않고 곧장 책상에 앉아 지난밤 생각해둔 사랑을 찬물에 먼저 씻깁니다. 말끔해진 사랑을 두어 시간 가슴에 꼭 껴안고, 뜨거워질때까지 놓아주지 않습니다. 그러면 출근 시간이 될 때쯤 하얀 김 모락모락 피어오르는 글이 하나 지어지는데, 나는 그것을 정갈하게 차려놓고 다시 잠에 듭니다.

하지만 당신은 아침 늦게 일어나 급하게 옷을 입고 쫓기듯 나서는 때가 많습니다. 그러니 내가 일어날 때에도 차려놓은 글은 차갑게 식어서 한 글자 흐트러짐이 없이 그대로입니다. 바쁘신 걸 알아 실망하지는 않습니다. 대신 나는 식어버린 사랑을 꼭꼭 씹어 먹습니다. 그래야 내일 또 일찍 일어나 글을 지을 힘이 나기 때문입니다.

그러다 아주 가끔 당신이 몇 글자라도 챙겨 먹고 가는 때가 있습니다. 나는 그날마다 기쁜 마음으로 바깥 산책을 다녀옵니다. 시장에 들른 사람처럼, 거리를 걸으며 요즈음의 사랑이 무엇인지 둘러봅니다. 내일은 더 맛있는 글이 지어지기를 바라는 마음으로요. 혹시라도 좋아하시는 단어를 주워온다면 더할 나위가 없겠죠.

하지만 압니다. 이제 아무도 사랑 글을 챙겨 먹지 않는다죠. 당신조차 피곤하게 그러지 말라고 하는걸요. 그래도 나는 좀처럼 그만둘 수가 없습니다. 혹시라도 당신이 배고플까 봐. 어느 순간 사랑에 주릴까 봐. 밖에서 사 먹는 사랑도 맛이야 있겠지만, 마음이라는 게 그렇지가 않습니다.

그러니 나는 내일도 눈에 잘 띄는 곳에 깨끗한 종이와 은색 문진을 하나 올려둘 겁니다. 시간이 없어 읽지는 못해도, 언제나 당신을 위한 사랑이 준비되어 있다는 것. 그거 하나는 알 수 있게요.

떨어지는 삶이어도

좋으니

열두 개의 계단을 오르고 떨어집니다. 십이월에서 일월로 고꾸라진다. 일 년을 올라 고작 일 초만에 떨어집니다. 어쩌면 이것은 시작앓이. 새해가 오면 당신은 꼭 열병에 걸린 사람처럼 아파하고, 불안에 떨며 이런 생각만 하니 내가 붙인 병의 이름입니다.

나도 압니다. 꼭 절벽에서 뛰어내리는 것 같은 심정을요. 누군가는 설레어하고, 그 온몸이 쭈뼛 서는 기분을 즐기곤 한다지만, 끝내 주저 앉아버리고야 마는 사람들도 있으니까요.

그런 당신에게 십이월과 일월의 낙차는 너무 높은 것 같군요. 때문에 나는 십삼월이 있는 달력을 만든 적도 있습니다. 일월로 떨어질

게 아니라, 십삼월로 올라가기를 바라는 마음으로요.

하지만 한 계단씩 미루고 미루다 보면 언젠간 더 높은 곳에서 떨어져야만 하니 오히려 못할 짓인 것 같아 결국 전해주지 못했습니다. 대신 오늘 나는 편지지에 자유낙하라고 단어 하나 적어 당신께 보냅니다. 우리는 진작에 뛰어내렸다고. 이미 삶에서 죽음으로의 자유낙하를 하고 있는 거라고.

그러니 불안해맙시다. 우리는 매달려 있는 줄이 없기에 더 자유로운 겁니다. 덕분에 먼 곳에 계신 당신을 만났고 또 손을 잡을 수도 있었습니다. 그리고 기억하세요. 이 세상에 떨어질까 무서워하는 유성은 없습니다. 그저 바다에 떨어질지, 산에 떨어질지 고민할 뿐입니다. 그동안 어떤 춤을 추고 어떤 궤적을 그릴지 즐거운 고민을 할 뿐입니다.

우리, 더 자유롭게 낙하합시다. 고작 떨어져 부서지는 게 삶이어도 좋습니다. 단 일 초 동안만 빛을 내는 유성이어도 좋습니다.

깊은 밤을 살아가는 누군가는
우리를 보고 소원 빌 수 있을 겁니다.

자유낙하

희야. 사랑은 자유낙하하는 거란다.
사랑한다는 말로 하염없이 떠돌던 마음을 붙잡으면,
서로를 향해 곧장 떨어지는 거란다.

하지만 낙하하고 있는지는 모를 수 있다.
마음이 너무 가벼워지고, 슬픔 하나 없는 사람처럼 웃기만 하고
그냥 사랑해서 그런 줄 안다.

그러다 서로의 마음이 지면에서 만날 때가 온다.
반드시 온다.
처음 사랑하면, 그게 너무 아파서 깜짝 놀라고야 말 거다.

몸이 가벼워졌던 시간만큼,
서로에게 끌렸던 속도만큼 많이도 아플 게다.
산산이 부서진 마음을 어찌할 줄 모를 게다.

그럼 서로를 원망하고, 사랑을 원망하게 된다.
모두 이해한다.
그래서 아주 오랫동안 낙하하지 않을지도 모른다.

무서운 마음에 어딘가에 줄을 매달고 뛰어내릴지도 모른다.
하지만 그것은 자유낙하가 아니다. 사랑이 아니라는 말이다.

서로의 세상이 힘껏 만나 부서지고 흩어져서
당신과 나의 구별이 어려워지는 것이.
어쩌면 이것이야말로 낙하하는 이유일지 모른다.

그러니 겁이 날지언정 너는 반드시 자유낙하하여라.
온몸이 부서질 만큼의 사랑을 하라는 뜻이다.

나는 세상 모든 사랑이 한날한시에
서로에게 쏟아져 내리는 장면을 보고 싶구나.

밤하늘을 가득 메우며, 비처럼 내리는 유성우에
나는 감격하여 눈물을 흘리고 싶구나.

Epilogue

그동안 글을 써오며 지워지고 버려진 글자를 한데 모아보니 태백 같습니다. 점점 더 많은 분께서 제 글을 보아주시니, 금세 어리숙한 모습을 들킬까 부끄러웠나 봅니다.

오늘도 새하얀 종이에 정신없이 생각을 쏟아냈다가, 황급히 마른 헝겊으로 닦아버렸습니다. 수천 자의 글씨로 흥건히 젖어버린 헝겊을 꽉 짜면 '가치 있는 것들은 반드시 지루함 속에 숨겨져 있다'라는 짧은 문장 하나가 겨우 나올 것만 같습니다.

이제는 '내가 뭐라고' 하는 생각마저 들어 점점 흰 종이와 커서가 깜빡이는 화면이 부담스럽기만 합니다. 점점 멋진 생각과 예쁜 말들만 보여주고 싶어집니다. 그런데 나는 그렇지가 아니하니, 점점 더 많은 거짓말을 해야 합니다.

그러다 아주 오래전 써둔 글을 보았습니다. 다시 보니 설익고 무른 글자들이 꽤 무겁습니다. 이제는 부끄러움을 느끼는 그 마음마저 부끄럽습니다.

그러나 뭉툭하고 작은 씨앗도 고른 땅을 만나 아름답게 피어날지 모르는 일입니다. 그저 삐뚤빼뚤 못난 글도 어여삐 읽어주실 여러분에게 미리 감사하다 전하고 싶습니다.

2023년 봄,
유래혁

당신과 아침에 싸우면
밤에는 입맞출 겁니다

ⓒ 유래혁, 2023

초판 1쇄 인쇄 2023년 3월 9일
초판 1쇄 발행 2023년 3월 20일

글·사진 유래혁
기획편집 한나비
디자인 책장점
콘텐츠 그룹 한나비 이현주 전연교 박영현 장수연 이진표

펴낸이 전승환
펴낸곳 북로망스
신고번호 제2019-00045호
이메일 book_romance@naver.com

ISBN 979-11-91891-26-3 03810